전설의 고래

시쿠

아름다운 청소년 ⑫

전설의 고래 시쿠

초판 1쇄 발행 2015년 8월 21일 | 초판 2쇄 발행 2016년 5월 23일
지은이 진 크레이그헤드 조지 | **옮긴이** 이재경
펴낸이 방일권 | **펴낸곳** 별숲 | **출판등록** 제2015-9호
주소 서울시 광진구 구의강변로3가길 33, 3층 301호(현대7단지 상가)
전화 02-452-7980 | **팩스** 02-6209-7980 | **전자우편** everlys@naver.com

ISBN 978-89-97798-34-6 44840
ISBN 978-89-965755-0-4 (세트)

이 도서의 국립중앙도서관 출판예정도서목록(CIP)은 서지정보유통지원시스템 홈페이지(http://seoji.nl.go.kr)와 국가자료공동목록시스템(http://www.nl.go.kr/kolisnet)에서 이용하실 수 있습니다.(CIP제어번호: CIP2015021866)

전설의 고래
시쿠

진 크레이그헤드 조지 지음 | **이재경** 옮김

별숲

이 책에 등장하는 고래 소리 기호에 대하여

〜〜✖〜〜

이 책의 〈바닷속에서〉 챕터에는 고래가 내는 소리를 표현하기 위해 저자가 창조한 기호들이 등장한다. 고래는 저마다 다른 소리를 낸다. 따라서 저자는 고래별로 다른 기호를 만들어서, 그 기호를 해당 고래의 이름으로 썼다. 예컨대 ∿∿∿∿∿ 는 시쿠의 이름이고, ∧∿∧∧∿∧ 는 늙은 고래 티구크의 이름이다.

바다는 결코 조용한 곳이 아니다. 고래가 바다 밑에서 소리를 내고, 그 소리로 서로를 인식한다는 놀라운 사실이 밝혀진 지 반세기도 넘었다. 과학자들은 수중 음파 탐지기로 고래의 소리를 포착하고 녹음한다. 음파 탐지기가 물속의 진동으로 소리를 감지해서 그것을 소리 신호로 바꾸고, 사람은 스피커를 통해 그 소리를 듣는다. 고래의 소리를 기호화해서 문서 상으로 기록하기도 한다. 소리의 높낮이와 파장을 나타내는 획들이 시간을 나타내는 가로줄을 따라 오르락내리락하며 악보 비슷한 결과물을 만든다.

고래가 소리를 내는 이유는 두말할 것 없이 의사소통을 위해서다. 고래는 소리로 서로에게 위험을 알리고, 이동 방향을 제시하고, 경고를 보내고, 여러 정보를 공유한다. 저자는 고래의 소리를 표현하는 여러 기호를 고안했다. 수염고래뿐 아니라 이빨고래에게도 음파 탐지 능력이 있어서 그 능력을 이용해 먹이와 물체와 서로를 찾는다. 이 설명이 독자가 책 속에서 만나는 낯선 기호들을 이해하는 데 도움이 되기를 바란다.

북극고래(활머리고래)의 생김새

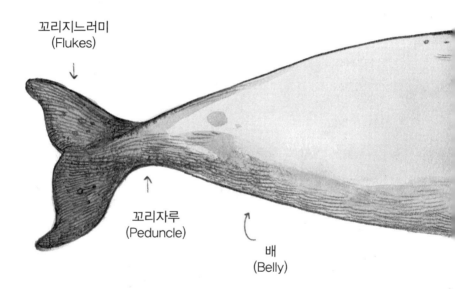

꼬리지느러미
(Flukes)

꼬리자루
(Peduncle)

배
(Belly)

몸길이 : 18미터

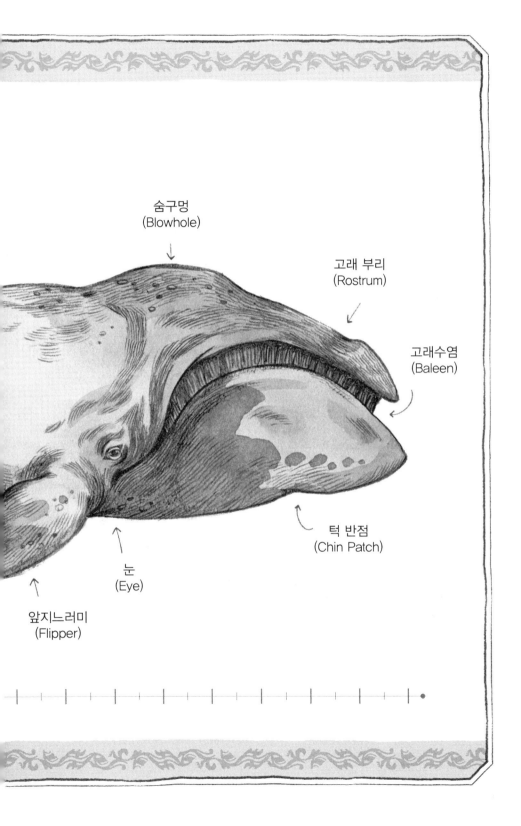

크레이그에게 이 책을 바칩니다.

1

바다 위에서

– 1848년 –

　대양의 파도가 둥글게 말려서 물마루를 만들었다. 파도가 끝없이 밀려오고 밀려갔다. 부빙이 파도를 타고 너울거렸다. 밤 10시의 태양이 차가운 주황색 빛을 뿌렸다.

　연도는 1948년, 날짜는 7월 23일, 장소는 알래스카와 러시아 사이의 베링 해협이었다.

　역사적인 날이었다. 뭉툭한 뱃머리와 가로퍼진 몸체의 고래잡이 범선 슈피리어 호가 갑판 위에 작고 날렵한 고래잡이 어정 다섯 척을 싣고 돛을 올려 출항했다. 배는 정북향으로 빠르게 항해했다. 슈피리어 호는 베링 해협을 통과하는 최초의 양키 포경선이었다. 눈앞에 다이오미드 제도의 높다란 암벽들이 검게 모습을 드러냈다. 토머스 로이스 선장은 섬들을 피해 뱃머리를 틀었다.

그때 별안간 바람이 죽었다. 돛들이 축축 늘어지면서 슈피리어 호는 그 자리에 멈춰 섰다. 바람을 타지 못한 갈매기 한 마리가 배의 중간 돛대에 내려앉았다. 멀리서 바다코끼리가 짖었다. 겁에 질린 선원들이 뱃전으로 모여들었다. 선원들은 눈앞의 암벽이 아니라 그 너머의 무시무시한 북극해를 바라보았다.

로이스 선장이 러시아 해군 장교에게 거금 백 달러를 지불하고 이곳의 해도를 입수했고, 선원들은 북극해 출항 하루 전에야 이 일을 알았다. 2백 년에 걸친 고래잡이로 대서양과 태평양에서는 이미 고래의 씨가 마르다시피 했다. 북극해를 항해한 적 있는 외국 선원들의 말에 따르면, 이곳은 얼음과 안개와 눈보라로 가득한 위험한 바다였다. 이 바다에 들어갔다가 얼어 죽은 뱃사람이 부지기수라는 소문이 무성했다. 겁먹은 선원들 사이에 선상 반란까지 거론됐다.

하지만 그들의 선장은 바다를 보고 있지 않았다. 그의 시선은 육지 쪽을 향해 있었다. 에스키모의 가죽배, 우미악 열세 척이 슈피리어 호로 다가오고 있었다. 우미악은 나무로 짠 대형 카누에 바다코끼리 가죽을 씌운 에스키모의 배였다. 바다표범 가죽옷을 입은 용맹한 에스키모 전사 3백 명이 슈피리어 호를 향해 노를 저었다. 그들은 침입자로부터 자신들의 바다와 통상로를 지키겠다는 결의에 차 있었다. 에스키모의 수가 선원 수의 여덟 배에 달했다.

로이스 선장은 이를 갈았다. 바람이 죽은 탓에 우미악을 피해 달아날 수도 없었고, 배에는 에스키모와 맞서 싸울 총도 없었다. 그는 자신의 총을 빼 들었다. 낡은 연발 권총이었다. 발사가 되리라는 보장도 없었다. 하지만 그거라도 들고 있는 편이 나았다.

그때 갑자기 남서풍이 일었다. 슈피리어 호는 우미악 군단에서 멀어져 자욱한 무봉(해상에 층운 모양으로 끼는 짙은 안개) 속으로 밀려갔다. 이번에는 에스키모들이 이를 갈았다. 거래의 기회가 될 수도 있었는데 허사로 돌아갔다. 이방인보다 더 무서운 것이 안개였다. 에스키모들은 되돌아갔다.

슈피리어 호는 짙은 안개 속에 홀로 남았다. 배에 다시금 공포가 일었고, 선원들이 들썩였다. 선원들은 공포의 북극해로 자신들을 끌고 온 선장을 소리 높여 질책했다. 공포의 북극해! 일등 항해사는 눈물을 흘렸다. 선원들이 반란을 이야기하는 동안 알래스카의 짧은 어스름이 지나갔다.

날이 밝자 안개가 걷히고 해가 나왔다. 사방이 고래 천지였다. 고래들이 숨을 뿜고, 뛰어오르고, 첨벙거리고, 꼬리를 흔들었다. 껑충대면서, 또는 머리만 수직으로 내밀고, 또는 물 위로 높이 뛰어오르며 배를 엿보는 고래들도 있었다. 고래 한 마리가 수면 가까이에서 헤엄치며, 마치 발자국처럼 꼬리로 바다 여기저기에 소용돌이 구멍을 만들었다. 선원들 모두 난간을 짚고 목을 빼고 구경했다. 선상 반란 계획은 까마득히 잊었다.

"오, 대단해! 저것 좀 봐요!"

캐빈 보이 톰 보이드가 외쳤다.

로이스 선장도 고래들을 보며 신에게 감사했다. 선장은 조타기에 체중을 실으며 회심의 미소를 지었다. 그는 황금밭을 향해 슈피리어 호를 몰았다.

선원들은 고래잡이 어정들을 바다에 내리고 거대한 바다 포유동물 사냥에 나섰다. 고래들이 바다를 가득 메우며 해수면 바로 아래에서 유유히 헤엄치고 있었다.

고래잡이 어정의 길이는 8미터였다. 어정마다 가장 체중이 나가는 선원이 가운데에 앉아서 가장 긴 노를 젓고, 다른 선원들은 그의 앞뒤에 정렬해서 짧은 노를 저었다. 이런 대형 덕분에 달걀껍질처럼 가벼운 어정이 중심을 잃지 않고 고래들을 향해 미끄러지듯 나아갔다.

작살잡이 하트슨이 뱃머리에서 건장한 몸을 일으켰다. 그는 작살을 높이 치켜들었다. 작살에는 줄이 달려 있어서 고래가 작살에 맞은 채 어정에서 도망가는 것을 막았다. 하트슨은 자세를 잡고 서서 호흡하러 수면으로 올라오는 고래를 기다렸다.

소리를 내는 선원은 아무도 없었다. 선원들은 고래가 속삭임도 듣는다는 것을 오랜 경험으로 알고 있었다.

그때 고래 한 마리가 수면으로 올라왔다. 하트슨은 고래를 향해 작살을 내리꽂았다. 고래가 작살을 등에 꽂은 채 쏜살같이 시야에서 사라졌다. 우르릉! 바다 속에서 먹먹한 굉음이 울렸다. 선원들은 기다렸다. 드디어 거대한 고래가 천천히 떠올랐다… 그리고 물 위를 떠돌았다… 고래는 죽어 있었다.

"참고래다. 물에 떠올랐어. '우리' 차지라는 뜻이지."

작살잡이 하트슨은 환호하며 신 나게 웃었다. 선원들이 작살줄을 당겨 고래를 어정에 바싹 붙였다. 그리고 고래를 범선으로 끌고 갔다.

선원들이 고래를 슈피리어 호 옆에 대자, 로이스 선장은 난간 너머로 몸을 굽혀 자세히 보았다. 고래는 길이가 17미터에 달했고, 거대한 머리는 몸의 3분의 1을 차지했다. 활처럼 불룩한 머리 꼭대기에 숨구멍이 있었다. 몸은 검었고, 거죽이 매끄럽게 빛났다. 앞지느러미는 뭉툭하고, 꼬리는 넓게 갈라졌다. 로이스 선장은 빙그레 웃었다. 혹등고래가 아니었다. 태평양 참고래도 아니었다.

"그린란드 참고래다! 고래 중의 고래야!"

선장이 외쳤다.

그린란드 참고래라고도 불리는 활머리고래는 포경업자들이 노리는 최고의 포획물이었다. 활머리고래는 다른 어떤 고래보다 지방이 많았다. 고래 지방으로 만든 고래기름이 미국 가정과 사업장의 램프를 밝혔다. 또 웨일본으로 불리는 고래수염은 우산살과 코르셋 보강재와 후프 스커트 버팀살을 만드는 데 쓰였다. 대서양 참고래는 미국이 부를 이루고 세계의 강대국으로 발돋움하는 데 일조했다. 활머리고래로 다시 한 번 그런 신화를 쓸 수 있을 거라고 로이스 선장은 생각했다.

그동안 포경선들이 대서양을 싹쓸이해서 그곳 참고래는 거의 멸종 상태에 이르렀다. 그러자 포경선들은 새로운 바다를 찾아 북태평양으로 올라갔고, 거기서 다시 수많은 고래를 포획했다. 1848년이 되자 태평양의 참고래 수도 거덜 났다.

그러던 차에 북극해에서 이런 노다지를 만난 것이다. 이 바다에 고래 중에서도 가장 시장 가치가 높은 고래 수천 수만 마리가 뛰놀고 있었다. 로이스 선장의 도박이 대성공을 거뒀다. 그의 고래잡이들이 계속해서 고래에 작살을 꽂았다. 선원들은 노래를 부르고 승리의 함성을 올렸다.

이날 잡은 활머리고래는 지방층이 최소 30센티미터에 달했고, 검은 가죽의 두께는 2.5센티미터나 됐다. 고래의 입천장에서 입안으로 빗살처럼 늘어진 고래수염은 지금껏 그들이 잡았던 어떤 고래의 수염보다도 길었다. 고래수염은 동물의 손발톱과 같은 섬유성 각질 성분이다. 선원들은 경이에 찬 눈으로 활머리고래를 바라봤다.

두꺼운 지방 조직은 어찌나 무거운지, 고래 사체에서 지방 덩어리를 기중기로 들어 올리는 데만 남자 여덟 명이 달라붙었다. 선원들은 일하면서 뱃노래를 불렀다. 범선 뱃전에 연결된 플랫폼 위에 대기하고 있던 다른 고래잡이들이 크고 날카로운 칼이 달린 장대를 뻗어서 고래에 남은 지방 조직을 마저 도려냈다. 고래 지방은 배 위로 올라오는 대로 잘게 토막 나서 배에 설치된 정제용 가마솥으로 들어갔다. 가마솥에서 고래 지방이 고래기름으로 만들어지면, 선원들은 기름이 식기를 기다려 나무통에 줄줄이 담았다.

로이스 선장의 배는 이날 하루 만에 엄청난 이익을 수확했다. 후원자들과 선주들과 선원들에게 분배하고도 남을 수확이었다. 물론 선장 자신에게 돌아올 이익도 엄청났다. 선장은 흐뭇한 미소를 띠고 핏빛 바다와 그 위에 떠 있는 청록색 부빙들을 바라보았다. 고래잡이 선원들은 일손을 놓지 않고 고래 지방을 마지막 한 점까지 갑판으로 끌어올렸다.

그해 여름, 슈피리어 호의 선원들은 활머리고래를 수없이 죽였다. 그들은 8월 말이 되어 배가 그득해진 후에야 남쪽으로 뱃머리를 돌려 얼어붙은 북극을 떠났다. 그들은 베링 해협을 지나 태평양으로, 그리고 하와이로 빠르게 항해했다.

슈피리어 호가 호놀룰루에 입항한 후, 서부 북극해에 활머리고래가 넘쳐난다는 소문이 선장에서 선장으로, 선원에서 선원으로, 입에서 입을 타고 퍼졌다. 그해 겨울, 선장들은 저마다 배를 꾸려서 봄에 북극으로 떠날 채비에 들어갔다.

서부 북극 지방의 활머리고래 대학살이 이렇게 시작됐다.

2

바닷속에서

- 1848년 -

세인트로렌스 섬에 사는 유피크 에스키모 소년 투자크는 앞바다에 떠 있는 포경선을 바라보았다. 배는 은빛 햇살에 물든 바다 위에 오랫동안 불길하게 떠 있었다. 투자크는 문득 무서운 생각이 들었다. 그는 해안으로 노를 저었다. 아버지에게 말해야 한다. 아버지는 전사였다. 아버지에게 본 것을 알려야 했다. 배는 빨간색과 흰색과 파란색이 들어간 깃발을 달고 있었다. 어디에서 온 배일까? 저 배의 뱃사람들이 원하는 것은 무엇일까?

투자크는 마을 해안이 멀지 않은 지점에서 노를 멈췄다. 근처에 거대한 고래가 헤엄치고 있었다. 고래가 갑자기 몸을 뒤집었다. 고래의 앞지느러미가 해수면 3미터 위로 솟았다. 맑은 바닷물 아래로, 고래의 몸에서 새끼 고래가 꼬리부터 미끄러져 나오는 게 보였다. 새끼 고래는 밝은 회색이었고, 몸길이는 투자크의 카약만 했다. 그러니까 4미터 조금 넘었다.

'아기 고래다. 무게는 우리 가족 썰매개 스무 마리를 전부 합친 것 못지않겠어.'

투자크가 생각했다.

"엄청 큰 새끼 고래다."

투자크가 탄성을 지르며 경외심에 고개를 숙였다. 자신이 방금 고래의 탄생을 목격한 것이다! 그것은 엄청난 영광이자 특권이었다. 투자크의 아버지도 고래가 태어나는 것을 본 적은 없었다. '위대한 정령'의 섭리가 아니면 받을 수 없는 축복이었다.

어미 고래가 몸을 돌려 새끼 고래를 향했다. 어미 고래는 새끼 고래를 살살 밀어서 수면 위로 보냈다. 갓 태어난 고래가 생애 최초의 숨을 들이마셨다. 투자크는 새끼 고래의 아래턱에 있는 반점을 보았다. 춤추는 에스키모 남자 모양의 반점이었다. 무릎을 굽히고, 한 팔을 공중으로 뻗은 에스키모 남자의 모습. 투자크는 새끼 고래에게서 눈을 뗄 수가 없었다.

'특별한 고래야.'

투자크가 생각했다.

고래 모자 주위로 청어들이 서리처럼 반짝이며 헤엄쳐 다녔다. 작은 새우 모양의 크릴이 구름처럼 무리 지어 고래들 앞을 맴돌았다. 머리 위로 흰기러기 떼가 북쪽으로 날아갔다. 부빙에 앉아 있던 바다표범 한 마리가 고래에 놀라 바다로 뛰어내렸고, 곧바로 사라졌다. 햇빛이 거의 닿지 않는 해저에서 게들이 말미잘의 화려하고 위험한 촉수 위로 기어올랐다.

어미 고래가 활머리고래 무리에게 노래를 보냈다.

"내 아들이 태어났다."

활머리고래는 보통 유피크 족이 '알 낳는 달'로 부르는 5월에 태어난다. 이 새끼 고래는 특별한 고래였다. 이 고래는 '꽃 피는 달'인 7월에 태어났다. 특별한 운명을 받고 태어난 고래였다.

소년 투자크는 노에 귀를 가져다 댔다. 바다 밑에서 높게 떨리는 소리가 올라왔다. 이런 소리였다. 〰〰〰. 어미 고래가 갓 태어난 아들의 이름을 바다 세상에 울려 보냈다.

〰〰〰 는 태어난 순간부터 수영을 했다. 첫 숨을 들이쉬더니 곧바로 꼬리지느러미로 물을 치면서 엄마의 배로 미끄러져 갔다. 그리고 본능적으로 엄마의 몸에서 젖꼭지를 찾아냈다. 엄마의 강력한 근육이 기름진 젖을 아들의 입안으로 쏟아냈다. 새끼 고래는 젖을 먹었다. 어미 고래와 새끼 고래는 젖을 먹이고 먹으며 투자크 주변을 슬슬 헤엄쳐 다녔다. 투자크는 넋을 잃고 보았다. 투자크도 알고 있었다. 이런 장면을 목격하는 일은 결코 흔치 않았다.

〰〰〰 가 숨을 쉬러 다시 수면으로 올라왔다. 새끼 고래는 소년을 인식하고 몸을 옆으로 눕혀서 눈을 수면 위로 내놓았다. 그리고 투자크를 바라보았다. 투자크도 마주 보았다. 고래의

눈은 사람 눈과 비슷했다. 눈동자, 홍채, 눈꺼풀. 투자크 자신의 눈과 별로 다르지 않았다.

"너는 내 형제야. 너를 시쿠라고 부르겠어."

투자크가 외쳤다.

〰〰〰〰〰 가 투자크의 착한 눈을 오래도록 응시했다. 그리고 그 순간 둘 사이에 뭔가가 일어났다.

〰〰〰〰〰 는 엄마 품으로 돌아갔다. 투자크는 눈으로 보고도 믿기지 않았다. 하지만 고래의 탄생을 목격한 것보다 더 놀라운 일은, 자신이 그 고래와 일종의 유대감을 느꼈다는 사실이었다.

투자크는 〰〰〰〰〰 도 같은 유대감을 느꼈다고 확신했다. 고래의 눈이 그것을 말해 주었다. 투자크는 해안으로 노를 저었다.

어미 고래는 자식에게 빈둥댈 틈을 주지 않았다. 배워야 할 때였다. 어미는 새끼에게 베링 해에서 멀리 북쪽 보퍼트 해로 이동했다가 다시 돌아오는 경로를 가르쳐야 했다. 적절한 연안류를 타는 게 관건이었다. 먹이가 풍부한 바다로 갔다가 돌아오는 이 왕복 여행은 2,500마일에 달했고, 곳곳에 헷갈리는 기류가 엉겨 다녔다. 〰〰〰〰〰 에게는 배울 시간이 많지 않았다.

〰〰〰〰〰 는 해가 매우 중요한 지표임을 배웠다. 얼음 사이로 열린 바다에 들어오는 태양 광선에는 각도가 있었다. 태양 광선의 각도와 밝기는 엄마의 시계이자 달력이었다. 이제는 그의 시계이고 달력이 되었다. 길 찾는 방법 습득은 중요했다. 방향만 한번 잘

못 잡아도 두꺼운 얼음 아래 갇혀 익사하기 십상이었다. 언젠가 바다에서 바다로 엄마 없이 혼자 이동할 수 있으려면 부지런히 배워야 했다. 어른 고래가 되면, 1미터 두께의 얼음 정도는 부술 수 있게 된다.

태어난 지 며칠 만에 ∿M∿∿ 는 바닷길 일부를 익혔을 뿐 아니라 무게가 68킬로그램이나 늘었다. 태어나서 처음 아홉 달 동안 고래는 오로지 어미 고래의 젖만 먹고 체중이 빠르게 늘어난다. 수유 기간이 끝나고 먹이를 혼자 해결해야 하는 때가 오면 몇 년 동안은 몸이 불어나지 않는다. 그것이 활머리고래의 어린 시절이었다.

고래 모자는 계속해서 유유자적 헤엄쳤다. 둘은 숨을 쉴 때는 새들을 보고, 수영을 할 때는 물고기와 바다표범과 크릴을 보았다. 고래의 삶은 변화무쌍했다. 둘은 세상 꼭대기를 향해 느긋하게 북쪽으로 순항했다. 둘은 아름답고 우애로운 생명체였다.

갑자기 어미 고래가 날카로운 소리를 질렀다. 못 듣던 소리였다.

" _∿∿∿_ _ _ _ _∿∿∿∿////∿∿∿_ "

적이 나타났다! 범고래 무리가 둘에게 돌진해 왔다. 야들야들한 새끼 고래를 잡아먹으려는 심산이었다. ∿M∿∿ 는 적을 식별하는 방법도 알아야 했다. 적들은 검정과 흰색의 몸에 얼음처럼 하얀 이빨을 가졌다. ∿M∿∿ 처럼 범고래도 수면 위로 올라가 호흡했다. ∿M∿∿ 처럼 그들도 고래였다. 하지만 수염 대신 이빨이 있는 고래였다. 다른 고래들은 바닷물 속 작은 먹이들을 체로 거르듯 수염으로 걸러서 먹지만, 범고래는 대형 먹잇감을 찍고 여럿이 달려들어서 갈가리 찢어 먹었다. 이 고래들은 고래의 언어로도 '포식자 고래'로 불렸다.

　다행히 근처에 다른 활머리고래가 있었다. 새끼를 낳은 자매에게 도움이 필요할 경우에 대비해 가까이에서 이동하던 〰〰 의 이모 고래였다. 범고래 떼가 접근하자 이모가 얼른 〰〰 에게 헤엄쳐 왔다. 이모가 그를 보호하고, 엄마는 어마어마한 꼬리지느러미를 사납게 휘저으며 범고래들을 몰아냈다. 그 꼬리지느러미에 제대로 맞으면 범고래라도 목숨을 부지하기 어려웠다.

　엄마는 한참 후에야 자매와 아들에게로 돌아왔다. 그리고 아기 고래를 바싹 감쌌다.

3

땅 위에서

― 세인트로렌스 섬, 1858년 ―

세월이 흘렀다. 소년 투자크는 스무 살의 청년으로 성장했다. 그는 옛날부터 시베리아 동쪽 도서 지역과 알래스카 서해안에 터를 잡고 사는 에스키모 수렵 부족, 그중에서도 유피크 족에 속한 젊은이였다. 젊은 투자크는 바다코끼리와 바다표범 사냥에 베테랑이 돼 있었다. 열여섯 살 때는 고향 세인트로렌스 섬에서 북극곰을 잡은 적도 있었다. 투자크는 그냥 노련한 사냥꾼이 아니라 뛰어난 사냥꾼이었다. 사냥은 에스키모의 삶에 필수였다.

매년 여름 포경선들이 붉은색과 흰색과 파란색으로 구성된 깃발을 휘날리며 마을 해안을 지나갔다. 지난 10년 동안 투자크가 본 양키 포경선만도 백 척이 넘었다. 포경선들은 투자크의 아버지가 '고결한 정령'이라고 부르는 고래들을 수없이 죽였다. 미국 포경선 외에

철물, 구슬, 담배, 술, 직물을 실은 외국 상선도 몰려왔다. 하지만 상선들은 싣고 온 물건들을 에스키모가 사냥으로 얻은 바다표범 가죽과 바다코끼리 상아와 맞바꿔 갈 뿐, 고래를 죽이는 일은 드물었다.

한여름에 해당하는 '꽃 피는 달'의 어느 날이었다. 투자크는 카약을 타고 마을 앞바다에 나갔다가 양키 포경선 한 척이 떠 있는 것을 발견했다. 배는 바람이 불어도 돛을 내리고 한가로이 떠 있었다. 이상한 일이었다. 투자크는 배를 지켜봤다.

흰색과 파란색의 작은 고래잡이 어정 한 척이 포경선 뱃전 너머로 바다에 내려왔다. 어정이 노 저어 와서 투자크의 카약 옆에 멈춰 섰다. 양키 한 명이 어정 밖으로 몸을 내밀고, 한 줄로 꿴 푸른 구슬을 투자크의 면전에 흔들었다. 투자크가 백인 선원을 이렇게 가까이에서 본 것은 처음이었다.

"너한테 주는 거래. 양키가 너 가지래."

통역자가 유피크 족의 말로 말했다.

"아아자!"

투자크가 깜짝 놀라 외쳤다. 그는 망설였다. 양키가 내민 구슬은 아주 훌륭하고 아주 값나가는 것이었다. 저런 구슬이면 솥이든 칼이든 원하는 무엇과도 바꿀 수 있었다. 심지어 총도 살 수 있었다. 투자크는 구슬을 받았다.

통역자가 업신여기는 눈으로 투자크를 쳐다봤다.

"너는 고작 물개나 잡는 모양이구나."

통역자가 말했다.

"나는 훌륭한 사냥꾼이에요. 내가 마을에 가져오는 식량이 얼만데요."

투자크가 발끈해서 말했다.

"그럼 잡을 고래가 없나? 아니면 고래가 너희는 선택하지 않나봐?"

통역자가 유피크 족의 오랜 전통을 비웃었다.

"우리도 고래를 사냥해요."

투자크가 호언했다. 그는 자신이 양키의 미끼에 걸렸음을 알지 못했다.

"저쪽 만에 고래들이 많이 있다고요!"

투자크는 자기도 몰래 팔을 들어서 동쪽의 작고 아름다운 만을 가리켰다.

"하지만 우리는 필요한 만큼만 잡아요."

투자크는 남자를 똑바로 노려봤다.

통역자가 고개를 끄덕였다. 그리고 투자크에게 담배 한 자루를 건넸다. 양키 고래잡이들은 다시 노를 저어 돌아갔다.

구슬과 담배를 얻어서 뿌듯해진 투자크도 마을을 향해 노를 저었다. 그는 카약을 해변에 대 놓고, 그날 잡은 바다표범의 가죽을 벗기고 살점을 잘라 냈다. 그러다 다시 포경선을 바라봤다. 아까 봤던 흰색과 파란색 고래잡이 어정은 모선으로 돌아가지 않았다. 대신 고래들이 있는 만으로 향하고 있었다.

그제야 투자크는 자신이 무슨 일을 저질렀는지 깨달았다.

"고래들! 내가 무슨 짓을 한 거지?"

투자크가 부르짖었다.

고래잡이 어정이 곶을 돌아 투자크의 시야에서 사라졌다. 얼마 후, 둔탁한 폭발음이 이어졌다. 한 번, 두 번. 폭발음이 계속 이어졌다. 투자크는 몸을 떨었다. 그는 죄 중에서도 가장 나쁜 죄를 저질렀다... 이방인들에게 에스키모의 소중한 고래들을 가져다 바친 셈이었다. 돈벌이를 위해 고래를 죽이는 인간들에게. 투자크는 수치심에 목이라도 매고 싶었다.

투자크는 카약을 돌려 마을로 향했다. 아버지에게 어떡할지 물어야 했다. 몇 시간 후 마을 해변에 도착했을 때 투자크는 마을의 샤먼 쿠마긴야를 만났다. 샤먼이라면 해결책을 알 것이 분명했다.

"샤먼!"

투자크가 불렀다.

"제가 끔찍한 일을 저질렀어요. 양키들에게 고래가 있는 곳을 알려주고 말았어요. 그자들이 벌써 고래들을 죽였을 거예요. 분명해요."

샤먼의 얼굴이 굳어졌다.

"고래의 정령들이 너에게 불운을 내릴 거다. 네가 정령들을 노엽게 했어."

투자크는 입술을 깨물었다.

"저는 어렸을 때 고래가 태어나는 걸 봤어요. 그건 제가 정령들에게 특별한 존재가 됐다는 뜻 아닌가요?"

투자크가 말했다.

"도움은 되지."

샤먼 쿠마긴야가 투자크의 아름다운 바다표범 가죽을 힐끔대며 말했다.

"하지만 그게 너의 자만심을 키웠구나. 너는 어리석었어. 나와 함께 가자. 내가 정령들에게 노래를 지어 바치마. 그러면 정령들이 네가 해야 할 일을 일러 줄 거다."

투자크로서는 고맙기 그지없었다. 그는 샤먼의 여름집으로 따라 갔다. 샤먼 쿠마긴야는 문간에서 투자크의 바다표범을 받아서 개들의 접근을 피해 고기 시렁에 올려놓았다. 투자크는 아버지에게 가져다 드릴 바다표범이라고 말하고 싶었지만, 주눅이 들어서 말이 나오지 않았다. 눈이 어두침침한 실내에 적응하자, 바다코끼리 가죽을 둘러친 벽이 눈에 들어왔다. 꽁지만 검은 하얀 족제비 꼬리들이 벽을 장식했다. 천장은 바다표범 가죽을 버들가지로 우산살처럼 둥글게 받쳐서 만들었다. 반구형 천장 한가운데는 연기 구멍이 나 있고, 구멍 테두리에 검댕이 잔뜩 앉았다.

투자크는 사방에서 정령들의 기운을 느꼈다. 샤먼 쿠마긴야는 중국산 조각 접시를 받친 바다표범 기름 램프에 불을 붙였다. 그는 램프를 연기 구멍 바로 아래에 있는 삼각대 위에 올려놓았다. 그리고 돌 램프 위에 불쏘시개용 이끼를 올리고 불을 붙였다. 샤먼은 으스스한 소리로 주문을 읊으며 깊은 무아지경 상태로 들어갔다.

투자크는 온몸이 떨렸다. 정령들이 이 집으로 들어오고 있다고 생각하니 무서웠다. 복수심에 불타고 있을지 모르는 정령들. 투자크는 대죄를 범했다. 그의 삼촌은 작은 경거망동 한 번에도 정령들이 보낸 북극곰에 찢겨 죽었다. 그에게는 어떤 무서운 벌이 떨어질 것인가.

마침내 샤먼이 눈을 뜨고 입을 열었다.

"정령들이 화가 났다. 정령들이 몹시 화가 났어."

투자크의 두려움이 방을 가득 채웠다. 샤먼의 얼굴은 돌처럼 굳어 있었다.

"정령들이 말하기를, 너에게 저주가 내려졌다."

샤먼이 괴괴한 음성으로 말했다.

"하지만 전 고래가 태어나는 걸 봤어요. 저는 특별한 존재예요."

투자크의 목소리가 공포 때문에 거칠게 갈라졌다.

샤먼 쿠마긴야가 순록 이끼를 불에 던져 넣었다. 빙하기 동안 얼음으로 덮이지 않은 곳만 골라 피는 꽃, 은색 두메자운도 던져 넣었다. 두메자운은 마법이었다. 빙하도 이겨 내는 꽃이었다.

이끼가 불에 타면서 빛을 발했다. 방 안이 연기로 자욱해졌다. 그러자 샤먼이 두 팔을 천장으로 추켜올리고 눈을 감았다. 그 상태로 몇 분이 흘렀다. 그동안 투자크는 초조한 눈으로 이 무서운 상황에서 벗어날 탈출구를 찾았다. 집 바닥에 바다표범 기름으로 타는 이끼 심지를 담은 돌 접시가 여기저기 놓여 있었다. 그 접시들을 엎어 버리고 샤먼이 바로 세우는 동안 도망칠까? 하지만 그랬다가 불이 나면 큰일이었다. 투자크는 그 생각은 접었다. 벽 아래에는 동물 가죽 더미들이 놓였다. 방문객과 유령들이 앉는 자리였다. 가죽 더미들 때문에, 팽팽하게 두른 바다코끼리 가죽 벽을 들추고 탈출하기도 쉽지 않았다. 출입구 왼쪽에는 흰색 북극곰 털가죽을 겹겹이 쌓아 놓았다. 샤먼의 침대였다. 따라서 그쪽으로도 나갈 수 없었다. 슬그머니 빠져나갈 틈새란 아무 데도 없었다. 투자크는 벽마다 들러붙어 있고 털가죽마다 배어 나오는 정령들을 느꼈다.

투자크는 다시 샤먼 쿠마긴야에게로 시선을 돌렸다. 샤먼은 아직도 눈을 감고 주문을 외고 있었다. 샤먼의 머리칼이 새끼 카리부(북아메리카 북쪽에 사는 순록) 가죽으로 만든 번쩍이는 셔츠 위로 길게 늘어졌다. 구슬과 북극곰 발톱을 엮은 목걸이가 샤먼의 목을 둘렀다. 자주색 문신으로 덮인 샤먼의 얼굴은 정령들에 홀린 듯 섬뜩했다. 투자크는 점점 더 겁이 났다.

이윽고 샤먼이 읊었다.

"너는 고래의 탄생을 목격했다. 그것이 너에게 선한 정령들을 부른다. 하지만 그것만으로는 고래들을 양키에게 넘긴 죄업을 극복하기에 충분치 않다. 너는 저주를 받을 것이다. 다만 너는 고래가 태어나는 것을 봤기에 최악의 저주는 면하게 되었다. 저주의 내용은 이렇다. 너는 너의 눈앞에서 태어났던 고래를, 그 고래가 죽을 때까지 보호해야 한다.”

“고래가 얼마나 오래 사는데요?”

투자크가 기어들어 가는 소리로 물었다.

“달만큼 오래.”

투자크는 샤먼의 말이 납득되지 않았다.

“샤먼 쿠마긴아, 제가 어떻게 고래를 지킬 수 있나요? 저는 고래만큼 오래 살지 못하는데요.”

“에이이, 방법은 네가 알아내야지. 너는 끔찍한 일을 저질렀어.”

샤먼이 두 손을 맞비볐다.

“알고 있어요. 하지만 저는 바다표범 사냥꾼이에요. 고래를 보호하는 방법은 잘 몰라요.”

투자크는 고개를 떨구었다.

“배워라.”

샤먼이 말했다.

투자크의 두 손은 차갑게 굳고 마음은 널을 뛰었다.

샤먼은 투자크의 비참한 얼굴을 보더니 이렇게 덧붙였다.

“고래가 투자크를 구하면, 너의 가족은 저주에서 풀리게 될 것이다.”

“고래가 어떻게 사람을 구하죠?”

투자크는 더욱 혼란스러웠다.

“멀리 북쪽에 사는 위대한 고래 사냥꾼을 찾아가라. 그분에게 가서 배워라."

샤먼이 대답했다.

"지금 당장 마을을 떠나라. 너의 저주도 함께 가지고 떠나라."

"어디로 가야 하나요?"

"북쪽으로. 고래를 따라가. 고래를 지켜."

"그럼 위대한 고래 사냥꾼을 찾아 떠나겠습니다. 그런데 그분이 제가 시쿠를 보호하는 데 어떤 도움을 줄까요?"

투자크가 물었다.

샤먼이 투자크를 바싹 쳐다봤다.

"에스키모가 가장 사랑하는 것이 고래다. 고래는 에스키모에게 음식과 집과 도구와 삶을 준다. 고래 사냥꾼은 고래를 누구보다 잘 아는 사람들이다. 마찬가지로 고래도 고래 사냥꾼을 잘 안다. 그렇게 해서 고래가 자신을 바칠 때와 장소를 정하는 것이다. 가라. 배워라."

샤먼 쿠마긴야가 한 가지 더 일러 주었다.

"그 고래가 너보다 오래 살 수도 있다. 고래의 수명은 사람 수명의 두 배라고들 한다."

샤먼의 모습이 피어오르는 연기에 가려 잠시 희미해졌다.

"너의 첫아이에게 투자크란 이름을 주어라. 그 아이에게 너의 고래를 지키고 존중하라고 일러라. 네 아들도 고래보다 일찍 죽을 수 있다. 그러면 그 아들의 아들이 다시 투자크라는 이름을 물려받는다.

그렇게 투자크가 대를 이어서 고래를 지켜야 한다. 그 고래가 죽거나, 그 고래가 투자크를 구할 때까지."

샤먼 쿠마긴야는 불에 순록 이끼를 더 던져 넣었다. 연기가 올라와 샤먼을 휘감았다. 샤먼은 북을 내려서 둥둥 두 번 두들겼다.

"아이에, 야, 야, 아이에, 아이에. 너는 고래들을 배신했다."

샤먼이 노래하다가 짙은 연기 속으로 들어갔다. 투자크의 눈에 샤먼은 이제 목소리와 북소리로만 남았다. 투자크는 겁에 질렸다.

샤먼 쿠마긴야가 노래를 멈추고 말했다.

"정령들이 말한다. 만약 네가 마을의 원형 돌무지에 가서 돌들을 모두 들어 올린다면, 저주가 풀릴 것이다."

"저는 힘이 셉니다."

투자크가 말라붙은 소리로 속삭였다.

"그럼 가거라."

연기 속에서 샤먼의 목소리가 펄럭였다.

투자크는 손으로 귀를 막고 문을 향해 내달렸다.

'나는 네가 태어나는 걸 봤어, 시쿠. 나는 너의 사람 같은 눈을 들여다봤어. 우리는 형제야. 너는 내 고래야. 저주를 풀지 못하더라도 내가 너를 평생 지켜 줄 거야!'

투자크는 혼자 말했다.

투자크는 몸을 떨었다. 샤먼의 말이 아직도 귓가를 울렸다.

'지금 당장 마을을 떠나라. 너의 저주도 함께 가지고 떠나라.'

투자크는 곧바로 마을 중심으로 달려갔다. 거기에 서른 개의 돌이 둥글게 모여 있는 장소가 있었다. 사냥꾼들이 매일 돌을 들어 올리며 체력을 기르는 곳이었다.

'이 돌들을 모두 들어 올려야 해. 가운데에 있는 가장 무거운 돌까지 모두.'

투자크는 이를 악물었다.

집집마다 연기 구멍으로 연기가 피어올랐다. 샤먼의 집처럼, 마을의 다른 집들도 표류목을 세우고 가죽을 덮어서 만들었다. 마을 사람들이 밥을 짓고 있었다. 투자크는 밥 생각도 없었다. 그는 돌이 만든 동그라미 안으로 들어가 첫 번째 돌을 들어 올렸다. 두 번째 돌도 들어 올렸다. 투자크는 스무 번째 돌에 이르러 무릎을 꿇고 말았다. 그는 온몸의 근육과 힘줄을 모두 동원해서 다시 한 번 용을 썼다.

"못하겠어."

투자크는 결국 포기했다. 그는 집으로 터덜터덜 걸었다. 탈진한 근육들이 저렸다. 투자크는 집에 도착하자마자 부모에게 자신이 저지른 일을 털어놨다.

"양키 고래잡이에게 무심코 고래의 먹이터를 알려 주었어요. 고래가 여럿 죽었어요. 천벌받을 짓을 했어요. 샤먼이 그러는데, 제가 저주를 풀려면 마을을 떠나 위대한 고래 사냥꾼을 찾아가서 시쿠를 보호할 방법을 배워야 한대요."

투자크의 부모는 아들을 끌어안았다.

마침 마을에 가죽배를 타고 섬을 떠나 시베리아 본토로 들어가는 일가족이 있었다. 배에는 투자크와 개들을 태우고 여행에 필요한 장비와 물품을 실을 자리가 있었다. 투자크의 부모는 아들과의 이별에 가슴이 무너졌지만, 샤먼의 말에 따르는 것이 옳다고 판단하고 투자크의 출발 준비를 도왔다. 그들은 썰매개 두 마리에 배낭을 채웠다. 개들의 이름은 우프와 리크였다. 투자크는 배낭 하나에 활과 화살, 바다표범 사냥용 갈고리, 불 피우는 연장, 칼, 그물, 모피 침낭을 넣거나 매달았다. 작살과 얼음끌과 창도 챙겼다. 이 정도 연장이면 북극 어디서도 거뜬히 생존할 수 있었다.

장비를 꾸린 투자크는 언 땅을 파서 만든 지하 저장고로 갔다. 그는 사다리를 타고 얼음장 같은 창고로 내려가 얼린 생선을 얼마간 가져왔다. 자신과 개들과 같은 배의 여행자들을 위한 식량이었다. 투자크는 직접 고기를 잡아다 부모의 식량을 축낸 만큼 도로 채워 넣을 시간이 없는 것이 죄송스러울 따름이었다. 투자크의 어머니는 아들과 함께 다른 배낭을 얼린 생선과 말린 생선으로 채웠다.

이제 떠날 준비가 됐다. 투자크가 가죽배 후미의 견인용 밧줄에 자신의 카약을 묶고 있을 때 여동생이 집에서 달려 나왔다. 여동생은 전에 아버지가 시베리아 에스키모에게 북극곰 가죽을 넘기고 받아온 아름다운 흑담비 모피를 들고 왔다. 아버지가 딸에게 선물로 준 모피였다. 여동생은 이제 그 모피를 오빠에게 작별 선물로 주었다. 그리고 오빠를 꼭 안았다.

"담비의 정령이 오빠와 함께할 거야. 그래서 오빠를 담비처럼 똑똑하고 노련하게 만들어 줄 거야."

여동생이 속삭였다.

투자크는 여동생을 부둥켜안고 한참이나 놓지 못했다. 그의 부모도 앞으로 다가와 아들을 끌어안았다. 아들과 이대로 영영 이별일 수도 있었다. 가족 모두 흐느껴 울었다. 투자크는 눈물로 얼룩진 얼굴을 훔치며 가죽배에 올라탔다. 그의 여행이 시작됐다.

'일단 시베리아 본토에 도착하면, 카약을 타고 해안선에 붙어서 나우칸으로 올라가야지. 여건이 허락하면 개들이 카약을 끌고, 그러지 못할 때는 내가 노를 젓고 개들은 나를 따라 해안을 달리면 돼. 그것도 어려울 땐 개들을 카약에 태우고 가고. 그렇게 나우칸에서 다이오미드 제도로 건너가서, 이누피아트 영토를 거쳐 알래스카 동부로 들어가야지. 마땅한 마을을 하나 찾아서 바다가 얼 때까지 기다리는 거야. 기다리면서 버드나무와 표류목으로 얼음 땅에서 탈 썰매를 만들면 돼. 목적지는 티키각(훗날의 호프 곶)이야. 바다가 녹고 양키 고래잡이들이 몰려오기 전에 도착하면 시쿠에게 조심하라고 일러 줄 수 있어. 샤먼이 지시한 대로 내가 시쿠를 보호하는 거야.'

투자크는 속으로 계획을 짰다. 그런데 어떻게 사람이 고래에게 주의를 준다? 그건 마을 원로들과 사냥꾼들에게 물어봐야 할 일이었다.

문득, 투자크의 얼굴에 웃음이 번졌다. 몇 년 전, '벨루가고래가 있는 곳'이라는 뜻의 시수아릭에서 열리는 연례 장터에 갔을 때, 쿠툭이라는 이름의 아름다운 소녀를 만난 적이 있었다. 티키각에서 온 소녀였다. 투자크가 사는 마을에서는 까마득히 먼 곳이었지만, 지금 그가 가는 곳과는 멀지 않았다. 그때는 소녀를 다시 볼 기회는 없을 거라고 생각했는데. 잠시나마 투자크는 소녀를 다시 만나서, 어쩌면 소녀와 결혼해서, 둘이 함께 시쿠를 지키는 꿈에 부풀었다.

　투자크는 다시 정신을 차리고 티키각 생각에 집중했다.

　"고마워, 시쿠. 네 덕분에 내게 희망이 생겼어."

　투자크는 모처럼 기운이 솟았다. 이런 기분은 양키들에게 무심코 고래의 은신처를 발설해 버린 이후 처음이었다.

4
땅 위에서

— 1858년 —

다인승 가죽배에 오른 투자크와 여행자 가족은 부빙과 거친 파도를 헤치고 천천히 러시아 본토의 우나지크로 항해했다. 여행은 꼬박 사흘이 걸렸다. 그동안 일행은 부빙 사이에서 작살로 잡은 바다표범과 바다코끼리로 연명했다. 다행히 항해를 지체하는 폭풍은 없었다. 바다코끼리 가죽으로 만든 배는 마치 바다코끼리처럼, 완벽하고 우아하게 바다 물결을 탔다. 머리 위로 바닷새들이 수없이 날아다니고, 부빙이 망망대해를 뒤덮었다. 투자크는 뱃머리에 앉아서 여행의 아름다움과 역동과 흥분을 만끽했다.

배가 러시아 본토에 도달하자 투자크는 집에서 가져온 말린 생선의 반을 선주 가족에게 사례로 지불했다. 그리고 우나지크에 사는 친척을 찾아갔다. 친척은 며칠간이나 투자크의 방문을 축하하는 잔치를 열었다. 세인트로렌스 섬 유피크 족은 러시아 해안에 사는 시베리아 유피크 족과 긴밀히 연결돼 있었다. 서로 왕래하며 교역하고, 종종 결혼 관계로 묶였다.

이제부터는 투자크 혼자 모든 장비와 개 두 마리를 챙겨 가며 카약으로 해안선을 따라 북쪽으로 이동해야 했다. 어떤 때는 투자크가 노를 저었고, 어떤 때는 리크와 우프가 해변을 달리며 배를 끌었다. 바다가 거칠 때는 카약과 장비를 해변에 올리고 끌고 갔다. 그는 계속 북쪽으로 향했다.

투자크의 전진은 느렸다. 하지만 새롭고 멋진 풍광이 이어졌다. 연안 산악 지대. 회색곰. 금색으로 변해 가는 초원. 투자크는 해안 여행 중에 시베리아 유피크 족과 추크치 족을 많이 만났다. 거대한 고래 뼈를 하늘 높이 세운 그들의 기념비는 볼 때마다 놀라웠다. 그들의 유구한 전통을 보여 주는 증거였다. 가끔씩 현지인들이 투자크에게 함께 사냥할 것을 제안하기도 했다. 그러면 투자크는 출중한 사냥 솜씨를 보태고 그 대가로 따뜻하고 마른 잠자리를 제공받았다. 그뿐 아니라 경험 많은 사냥꾼들로부터 고래와 고래 사냥에 대해서 엄청나게 많은 것을 배웠다.

투자크는 누냐모에 도착했다. 그는 그곳에서 다이오미드 제도를 거쳐 북아메리카 대륙으로 건너가는 본격적이고 위험한 항해를 준비했다. 다이오미드 제도는 아시아와 북아메리카를 잇는 교역의 중심지였다. 투자크는 가장 부유하고 가장 권세 있는 에스키모들과 홍정을 시도했다. 역시나 협상은 만만치 않았다. 이곳 사람들은 달갑지 않은 방해꾼들이 장사에 끼어드는 것을 용납하지 않았다.

투자크는 마을의 원로에게 접근했다.

"제가 어르신의 우미악을 얻어 타고 다이오미드 제도로 건너갈 수 있겠습니까?"

투자크가 공손하게 물었다. 상인들은 대부분 여러 언어에 유창했다. 투자크는 원로가 자신의 말을 알아듣길 희망했다.

"그 대가로 뭘 줄 텐가?"

마을 원로가 유피크 족의 언어로 물었다.

"저는 가진 게 별로 없습니다. 하지만 사냥 실력도 좋고, 열심히 일할 각오도 돼 있습니다."

투자크가 대답했다.

최상의 가죽으로 만든 옷을 입은 원로는 못마땅한 듯 헛기침을 하다가, 선적 중인 자신의 대형 우미악을 고갯짓으로 가리켰다. 투자크는 안도의 한숨을 내쉬었다. 장사치의 대형 우미악에 묻어 타고 여러 사람과 여행하는 것이, 작은 카약에 개 두 마리를 태우고 혼자 해협 횡단을 감행하는 것보다 훨씬 안전했다.

우미악은 빠른 해류를 헤치고 다이오미드 제도 중 큰 섬에 도착했다. 섬의 풍광은 놀라웠다. 거의 90도로 솟은 절벽 위에 마을 하나가 고스란히 올라앉아 있었다. 하늘에서는 바닷새들이 맴을 돌고, 바다에는 바다표범들이 지천이었다. 그야말로 마법 같은 곳이었다.

뱃사람들이 장사 물품을 부렸다. 투자크도 열심히 일했다. 그는 눈이 돌아갈 만큼 다양한 물품들을 이고 가파른 언덕을 올라 민가로 날랐다.

다음 날 뱃사람들은 거래로 얻은 물품을 다시 배에다 바리바리 싣고, 베링 해협의 위험한 물살을 가르며 항해를 이어 갔다. 바다 여행이 고단하긴 했지만, 투자크는 앞으로 펼쳐질 여행에 내심 조바심이 났다.

바다는 생명으로 들끓었다. 가죽배는 거대한 파도를 타고 높이 넘실댔다. 얼룩큰점박이 바다표범 한 마리가 배 근처 수면으로 올라와 두리번대다가 눈 깜짝할 사이에 다시 물속으로 사라졌다. 그때 어디선가 우우웅! 하고 숨을 뿜는 소리가 들렸다. 분명 활머리고래의 소리였다. 투자크는 벌떡 일어나 자신의 뺨을 만졌다. 그와 동시에 고래 중 한 마리가 몸을 뒤집었다. 그리고 놀랍게도… 고래의 아래턱에 춤추는 에스키모 모양의 반점이 있었다.

"시쿠, 내가 지켜 줄게."

투자크가 속삭였다.

고래는 도로 잠수해서 남쪽으로 사라졌다.

일행은 뱃길을 재촉해 알래스카 해안의 웨일스라는 마을에 당도했다. 마을 사람들이 나와 배를 해변으로 끌어올렸다. 놀랍고 신기했던 베링 해협 횡단 항해가 끝났다. 투자크는 상인들에게 그동안 신세 진 것에 수없이 감사를 표했다. 투자크는 새로운 땅에 발을 디뎠다. 새로운 인연들과 새로운 삶이 그를 기다리고 있었다.

투자크는 웨일스 마을을 떠나서 반도의 해안선을 따라 북동쪽으로 이동해서, 키직탁이라는 마을에 이르렀다. (키직탁은 훗날 시슈마레프라고 불리는 곳이다.) 투자크는 마을 사람들과 만나 여행 이야기를 주고받았다.

투자크는 마을 해변에서 카약을 바다에 띄웠다. 그는 한시도 가만있지 못하는 개들에게 하네스를 채우고, 하네스를 기다란 견인줄로 카약에 연결한 다음, 짐들을 카약 안에 던져 넣고 자신도 올라탔다. 투자크는 흥겹게 노래 부르며 카약의 방향키로 뱃길을 잡았고, 개들은 꼬리를 치켜들고 신 나게 달리며 마을 북쪽 해안에 줄줄이 늘어선 평행사도(육지와 좁은 간격을 두고 해안선과 평행으로 길고 좁게 형성된 모래섬)를 따라 카약을 끌었다. 해안을 따라 달릴수록 투자크와 무서운 샤먼과의 거리는 점점 벌어지고, 사랑스런 옛 친구와의 거리는 점점 가까워졌다. 자신이 어떻게든 시쿠를 지키게 되리라는 것을, 투자크는 의심치 않았다.

시쿠, 시쿠,

내가 너를 지켜 줄게.

내가 너를 지켜 줄게.

나의 사랑하는 고래,

내가 너를 지켜 줄게.

시쿠를 향한 투자크의 애정은 뜨거웠다. 이제 시쿠는 투자크의 고래였다. 투자크는 시쿠가 태어나는 것을 보았다. 투자크는 시쿠를 영원히 지킬 작정이었다. 확실한 방법은 아직 알지 못했다. 하지만 결심만은 굳었다. 그러려면 북쪽에 산다는 위대한 고래 사냥꾼을 찾아야 했다.

'그 고래 사냥꾼이 내게 시쿠를 보호할 방법을 일러 줄 거야. 그다음부터는 나 혼자서 할 수 있겠지.'

투자크는 가슴이 뛰었다. 그와 시쿠는 형제였다.

투자크는 때때로 뭍으로 올라와 끼니를 때우고 잠을 잤다. 그러던 어느 날 땅거미가 질 무렵이었다. 투자크는 작은바다쇠오리 한 떼가 겨울 날 곳을 찾아 멀리 깊은 바다를 향해 날아가는 것을 보았다. 좋은 신호였다. 동결기가 다가오고 있었다. 바다가 얼면 여행이 더 수월했다.

그로부터 사흘 밤이 지나 투자크는 코체부 만의 남쪽 곶 해안에 배를 댔다. 개들이 카약에서 껑충 뛰어나가는 바람에 배가 뒤집힐 듯 출렁였다. 투자크는 균형을 잡고 개들을 따라 돌투성이 해안에 내렸다. 그는 만의 반짝이는 물결 너머 북쪽을 응시했다.

"저기 봐, 우프."

투자크가 개의 머리를 쓰다듬으며 말했다.

"코체부 만이 아직 얼지 않았어. 만이 얼 때까지 여기 머물자."

투자크는 사방을 둘러봤다. 서두를 필요는 없었다. 이제 그에게 있는 것은 시간뿐이었다. 만의 풍경은 고향의 그것과 사뭇 달랐다. 여기 관목들은 훨씬 작았고, 눈바람에 시달려 이리저리 뒤틀려 있었다. 멀리 눈 덮인 산봉우리들이 흰색과 옥색으로 빛났다. 새 떼가 구름처럼 남쪽으로 날아갔다.

가장 맘에 드는 것은, 이곳이 코체부 만으로 향하는 연안류와 멀지 않다는 점이었다. 봄이 오면 시쿠가 이 해류를 타고 북쪽으로 이동할 것이다. 그때 내가 양키가 됐든 범고래가 됐든 시쿠의 적들을 쫓아 버려야지. 이런 생각을 하니 투자크는 희망이 불끈 솟았다.

"시쿠! 내가 너를 지켜 줄게."

투자크가 외쳤다.

투자크는 가슴을 활짝 펴고 바다를 향했다. 그는 털가죽 침낭을 펴고, 소중한 흑담비 모피는 베개 삼아 놓고, 저녁거리로 날생선을 조금 꺼냈다.

그때, 털가죽 옷을 입은 에스키모 남자 한 명이 투자크 쪽으로 다가왔다. 투자크는 긴장했다. 내가 씨족의 영토를 침범했나? 지역에 따라서는 정체불명의 여행자들을 죽이는 것이 관례였다. 지금 저 남자가 나를 죽이러 오는 걸까?

"여기서 뭐 하고 있나, 젊은이?"

에스키모 남자가 물었다. 투자크는 남자가 네 가지 언어로 질문을 되풀이한 끝에 겨우 알아들었다.

투자크는 여행 중에 상인들에게 얻어 배운 이누피아트 어 몇 단어와 손짓을 섞어서 이렇게 대답했다.

"만을 건너가려고 바다가 얼기를 기다리는 중입니다."

"바다가 얼려면 몇 주나 남았네."

남자는 투자크의 출신지가 파악되자 유피크 어로 또박또박 말했다. 남자는 친절한 인상이었다. 남자가 웃으며 말을 이었다.

"우리 집으로 가서 우리 가족과 함께 지내겠나? 자네 사냥은 하나? 여기는 지금 사냥철이라 내가 일손이 좀 필요한데."

투자크는 고개를 끄덕여서 제안을 받아들였다. 그는 카약을 바람 밖으로 끌어내고 우프와 리크를 옆으로 불러서 남자를 따라갔다.

남자의 집은 바다표범 가죽으로 널따랗게 지은 집이었는데, 벽에 각종 도구들과 회색곰 가죽이 죽 걸려 있었다. 남자의 집은 어쩐지 낯설지가 않았다.

투자크는 남자의 집에 온 지 일주일도 되지 않아 활과 화살로 카리부 한 마리를 잡았고, 물고기는 엄청 많이 잡았다. 남자의 부인은 투자크의 공에 크게 감사하면서 카리부 고기를 나눠 주었고, 투자크가 버들가지와 표류목으로 썰매를 만드는 일에도 힘을 보탰다. 덕분에 카약을 포함한 투자크의 소지품 전체를 거뜬히 실을 커다란 썰매가 완성됐다. 투자크는 뿌듯했다.

"우리 집 양반은 나이가 들어서 이제 젊은이만큼 사냥을 못해요. 젊은이가 있어서 도움이 많이 됐어요."

썰매 만들기를 끝냈을 때 아주머니가 말했다.

"오히려 제가 신세를 졌습니다."

투자크가 아주머니의 도움으로 완성된 튼실한 썰매를 바라보며 말했다.

2주가 흘렀다. 만의 앞바다에 원판 형태의 얇은 얼음인 연엽빙이 뜨기 시작했다. 바다가 완전히 얼어붙을 날이 멀지 않았다. 북극에서 차가운 바람이 불어왔다. 얼음이 하루하루 두꺼워졌다. 여름이 끝나고 '얼어붙는 달' 10월이 왔다. 어느 날 투자크는 아주머니가 준 돌도끼를 들고 만의 앞바다를 덮은 얼음으로 가서 구멍을 냈다. 얼음 두께가 30센티미터나 됐다. 얼음 위로 여행하기에 충분한 두께였다. 투자크는 그날 당장 에스키모 가족에게 자신이 떠날 때가 되었음을 알렸다.

다음 날 아침 일찍 투자크는 뼈를 에는 한풍에도 굴하지 않고 짐을 썰매에 쌓고, 그 위에 카약을 얹고, 개들을 썰매에 맸다. 흑담비 모피는 파카 품속에 넣었다. 그러면 근육이 결릴 때 끌어안고 고통을 달랠 수 있었다. 투자크는 여동생의 말처럼, 흑담비 모피 속에 선한 정령들이 깃들어 있음을 의심치 않았다.

"키이타, 키이타!"

투자크가 우프와 리크에게 외쳤다.

"아―이이이!"

그는 친구들에게 작별 인사를 외치고 손을 흔들었다.

여행 둘째 날 늦은 저녁, 투자크는 개썰매로 만을 완전히 가로질러 시수아릭 마을에 도착했다. 집집에서 사람들이 나왔다. 자신을 반기는 마을 사람들을 보고 투자크는 마음을 놓았다. 카리부 가죽 파카를 입은 여인들이 그에게 음식을 대접하고, 남자들은 세상 소식을 물었다. 그리고 마침내 모두의 관심이 그의 여행 목적지로 모아졌다. 투자크가 티키각으로 가는 길이라고 하자 나이 지긋한 남자 한 명이 반색을 했다. 남자는 여행 경험이 풍부했다. 그는 투자크에게 티키각으로 가는 최적의 경로를 설명했다.

　"옛 교역로를 따라가게. 육로로 가는 거지. 이기추크 구릉지에 이르면, 거기서부터는 교역로를 벗어나 해빙을 타게. 그때쯤이면 바다가 두껍게 얼어서 여행할 만할 거야. 빙질도 훨씬 매끄러울 거고."

　남자가 말을 이었다.

　"연중 이 무렵에 구릉지에서 티키각으로 가는 경치가 끝내준다네. 작은 관목들이 눈 위로 올라오고, 언덕 사이로 카리부가 뛰놀아. 개들도 신 나게 달릴 거야. 눈부시게 아름다워."

　남자는 설명을 마치고 이렇게 덧붙였다.

　"하지만 오늘밤은 여기서 묵어 가게. 어둠이 걷힐 때까지 우리 집에서 자게나."

　이제는 눈과 얼음 결정이 섞인 바람이 불었다. 투자크는 남자의 친절을 받아들였다. 그는 새로운 친구를 따라 그의 널찍한 겨울집으로 갔다. 겨울집은 땅을 파서 공간을 만들고 뗏장으로 반구형 천장을 올린 구조였다. 들어갈 때는 카니차트라고 부르는 굴을 통해 집 밑으로 내려가서 집 안으로 올라갔다. 투자크는 울퉁불퉁 옹이 진 관목에 우프와 리크를 묶고 얼린 생선을 먹으라고 준 다음, 주인장을 따라 카니차트로 들어갔다. 카니차트는 차가운 공기가 집 안으로 스며드는 것을 막는 단열 기능도 했다.

굴에서 나와 집 안에 들어서니 어린 자녀 셋과 주인아주머니가 투자크를 맞았다. 가족 모두 그를 따뜻이 반겼고, 그가 털가죽 침낭을 놓을 자리를 마련해 주었다. 투자크는 침낭 위에 조용히 흑담비 모피를 올려놓았다. 흑담비 모피는 이제 그의 '수호 정령'이었다. 투자크는 그 정령이 자신에게 시쿠를 보호할 힘을 줄 것으로 믿었다. 흑담비는 고결한 영을 가진 총명한 동물이니까.

투자크가 자리를 잡자, 주인아주머니가 활짝 웃으며 바다코끼리 수프가 부글부글 끓는 쇠 프라이팬을 건넸다. 수프는 기름기가 좔좔 흘렀고, 고기는 새끼 카리부처럼 부드러웠다. 투자크가 먹는 동안 주인장이 그에게 질문을 퍼부었다. 고기잡이에 관한 질문, 감탕나무에 대한 질문, 오다가 카리부를 봤느냐는 질문. 흰올빼미는 남쪽으로 떠났나? 아직 있나?

해가 넘어가기 직전에, 마을 유지들로 보이는 남자들이 투자크와 이야기를 나누려고 이 집을 방문했다. 남자들은 여러 종류의 모피를 정교하게 이어 붙인 화려한 파카를 입었고, 목에는 곰 발톱과 족제비 꼬리를 걸었다. 높은 지위를 상징하는 장신구였다.

"미국 범선을 본 적 있나?"

남자들이 물었다.

투자크는 고개를 끄덕였다.

"그들이 악령을 품고 있던가?"

나이 지긋한 남자가 물었다.

투자크는 모르겠다고 대답했다. 악령 이야기가 나오니 갑자기 불안해졌다.

"교역을 하러 오는 건가? 우리 모피를 술과 담배와 맞교환하러?"

다른 남자가 물었다. 남자는 이 질문을 하면서 슬쩍 웃었다.

"그들이 교역할 물건을 가져오는 건 맞아요. 구슬도 있고 담배도 있어요. 하지만 조심하세요. 그들이 오는 주목적은 우리 고래들을 잡기 위해서예요. 그리고 상아를 노리고 우리 바다코끼리를 잡아요. 닥치는 대로 마구 잡아요. 수도 없이 잡아 죽여요. 바다가 피바다로 변한 것도 봤어요."

투자크가 말했다.

"고래와 바다코끼리가 줄어들었다 했더니 이유가 있었군. 그자들 때문에 우리 종족이 굶어죽게 생겼어."

나이 지긋한 남자가 고개를 내저었다.

남자들은 자정쯤에 떠났다. 다음 날 동틀 무렵, 투자크는 떠날 채비를 마쳤다. 주인아주머니가 그에게 구운 눈덧신토끼를 주었고, 아이들은 개들에게 먹일 생선을 주었다. 투자크는 손을 흔들며 친구들을 떠났다.

"키이타, 우프! 키이타, 리크!"

투자크가 외쳤다.

썰매가 눈 위로 미끄러지면서 나무 날이 끽끽 소리를 냈다. 얼음장 같은 돌풍이 투자크의 몸을 뒤흔들고, 버드나무와 땅에 앉았던 눈을 다시 소용돌이 눈보라로 만들었다. 영하 30도였다. 투자크의 눈썹과 목도리가 깃털 같은 얼음으로 덮였다. 하지만 파카 안은 따뜻했다. 배불리 먹은 덕도 한몫 했다. 투자크는 웃는 얼굴로 눈구름을 뚫고 썰매를 달렸다.

'양키들은 북극의 겨울을 피해서 남쪽으로 내려갔어. 시쿠는 베링 해에 안전하게 있어. 탐욕스런 포경선들에게서 멀리 떨어진 곳에. 시쿠가 느껴져. 시쿠가 한가로이 헤엄치고 있어. 느긋하게 몸을 굴리면서. 시쿠는 지금 그의 겨울 터전에 있어.'

투자크가 생각했다.

여러 날이 지나 투자크는 드디어 티키각에 도착했다. 해가 미처 뜨기도 전에 지는 날들이 이어졌다. '주저앉은 달' 겨울의 시작이었다.

투자크의 눈이 휘둥그레졌다. 티키각은 그가 태어나서 본 곳 중에 가장 큰 타운이었다. 고래 사냥으로 유명하고 장이 크게 섰다. 티키각은 이때 이미 미국, 아일랜드, 카보베르데 제도, 독일, 러시아, 포르투갈, 그리고 일본에서 온 상인들이 모이는 교역의 중심지였다. 그들은 이곳에서 푸른 구슬, 담배, 철물, 술을 넘겨주고 에스키모의 모피와 상아를 가져갔다. 하지만 투자크는 교역에는 관심 없었다. 그는 타운의 끝으로 썰매를 몰았다. 그는 우프와 리크를 하네스에서 벗겨 주고, 망치로 땅에 말뚝을 박아서 개들을 묶었다. 여행의 마무리를 치하하는 의미로 개들에게 각각 생선 한 마리씩 던져 준 다음, 투자크는 근처에 앉아 있는 이누피아트 족 남자에게 다가갔다. 남자는 근사한 러시아 부츠에, 멋들어진 북극곰 파카를 입고 있었다.

"킨가크 가족이 어디 사는지 아십니까?"

투자크가 물었다.

"무~~울론."

남자가 혀 꼬인 소리로 대꾸했다. 혀가 꼬인 데는 이유가 있었다. 남자 옆에 빈 술병이 뒹굴었다. 백인들은 에스키모에게 모피를 받고 술을 팔았다. 술에 취한 남자들은 사냥을 할 수 없고, 그들의 가족은 굶주리게 된다. 술은 악마였다.

투자크는 남자를 떠나 천천히 마을 방향으로 걷다가, 에스키모 요요를 가지고 노는 소년과 마주쳤다. 에스키모 요요는 바다표범 가죽으로 만든 공 두 개를 동시에 양방향으로 휘두를 수 있는 놀라운 도구였다.

"킨가크 가족을 찾아가는데 말이야, 길 좀 알려 줄래?"

투자크가 물었다.

"따라오세요."

소년이 요요를 자기 머리통 주위로 휘휘 돌리며 말했다.

투자크는 썰매와 개들을 두고 온 곳으로 되돌아가서 모두 챙겨 왔다. 그리고 요요 소년과 함께 뗏장을 덮은 커다란 집으로 갔다. 집 마당에 카리부와 고래 뼈가 무더기를 이루고 있었다.

"시쿠, 어쩌면 이 타운에서 위대한 고래 사냥꾼을 만날지 몰라."

투자크가 속삭였다.

"여기가 킨가크 가족이 사는 데예요."

소년이 말했다. 소년은 한 번의 실수도 없이 요요를 획획 돌리며 원래 가던 길을 갔다.

투자크는 집 앞에 쌓인 고래 뼈들과 카리부 뿔들을 바라보았다.

'뼈가 엄청 많아. 이건 쿠툭의 아버지가 마을에서 중요한 인물, 즉 훌륭한 사냥꾼이라는 뜻이야.'

투자크가 자신을 어떻게 소개할지 고민하고 있을 때, 쿠툭의 아버지 카킨악이 곰 가죽 문을 밀치고 나와서 투자크를 불렀다.

"젊은이! 내 딸이 전에 큰 장터에서 자네를 만났다고 하더군. 먼 곳에서 온 청년인데 아주 훌륭한 사냥꾼이라고 말이야."

카킨악이 말했다.

"예, 집을 멀리 떠나왔습니다. 아래턱에 춤추는 사람 모양의 반점이 있는 고래를 찾고 있어요. 북극고래들이 이곳 해안으로도 오나요?"

투자크가 말했다.

"오고말고. 나도 그 고래를 본 적 있어. 특별한 고래야. 아주 아름다운 고래지. 그런데 그 고래가 자네에게 스스로를 바칠까?"

카킨악의 얼굴에 미소가 떠올랐다.

"아뇨, 아뇨. 그러기엔 너무 어린 고래예요. 한창 자랄 때예요. 제가 그 고래를 찾는 이유는, 그 고래를 보호하기 위해서예요. 그 고래가 죽을 때까지요."

투자크가 낮은 소리로 덧붙였다. 그는 샤먼의 저주를 털어놓았다.

"봄에 자네의 고래가 돌아올 때까지 나와 함께 사냥이나 하세. 밤이 계속될 날도 멀지 않았어. 자네가 있으면 우리에게 도움이 될 듯한데."

카킨악이 말했다.

투자크는 썰매에서 활과 화살을 꺼내 들었다. 그는 흑담비 모피와 창은 가방들로 잘 덮어 놓고 카킨악을 따라나섰다. 두 사람은 툰드라로 걸어 나갔다. 투자크는 카킨악이 들꿩 두 마리를 잡는 동안 다섯 마리를 쏘아 맞혔다. 사냥이 끝난 후 카킨악은 투자크를 자신의 집으로 맞아들였다.

5

땅 위에서

– 1858~1859년 –

'지붕 아래 서리가 끼는 달'의 중순이 되었다. 한겨울이었다. 이제
는 하루 24시간이 밤이었다. 검은 하늘에 북극 지방 사람들이 '붙박
이별'이라고 부르는 북극성이 빛났다.

'붙박이별'이 뜨면, 투자크는 웃고 까불면서 쿠툭을 따라 집 안을
뛰어다녔다. 둘은 항상 쿠툭의 잠자리 근처에서 멈췄다. 그러면 카
킨악이 자신의 털가죽 침낭에서 벌떡 일어나 투자크를 쿠툭의 잠자
리에서 쫓아냈다.

투자크는 밤마다 쿠툭과 쫓고 쫓기기 놀이를 했다. 그는 그녀의
침대로 갔다가 카킨악의 고함에 쫓겨나기를 반복했다. 그러다 운명
의 날이 왔다. 해가 뜨다가 지는 짧으나 짧은 낮에, 투자크는 무리
에서 떨어진 사향소의 심장에 창을 찔러 넣었다. 덕분에 카킨악 가족

은 맛 좋고 신선한 고기뿐 아니라 털가죽 중에서도 가장 따뜻한 사향소 털가죽을 얻었다. 그날 밤 카킨악은 투자크가 쿠툭의 잠자리에 접근해도, 심지어 함께 잠자리에 들어가도 막지 않았다. 에스키모의 오랜 전통에 따라 투자크와 쿠툭은 이렇게 부부가 되었다.

다음 날, 투자크는 흥얼거렸다.

오오, 시쿠, 나의 북극고래,

나는 정말 행복해.

정말 행복해.

네가 나에게 행운을 가져다줬어.

아이에, 아이에, 아이에.

내 목숨이 다할 때까지 너를 지켜 줄게.

나도 여기서 살 거야. 네가 지나가는 이곳에서.

아이에, 아이에, 아이에.

어느덧 봄이 왔다. 고래들의 북상이 시작됐다. 투자크는 날마다 압력 때문에 높이 융기한 얼음마루로 올라갔다. 그는 지나가는 고래들을 하나하나 뜯어보며 시쿠를 기다렸다.

하지만 시쿠는 보이지 않았다. 투자크는 낙담했다. 그러다 이런 생각이 들었다. 시쿠가 에스키모 사냥꾼들을 피해 일부러 해안 접근을 피하는 건 아닐까? 투자크의 얼굴에 미소가 번졌다.

해가 비추는 시간이 차츰 늘어나던 어느 날, 투자크는 바다코끼리 사냥에 나섰다. 그는 큼직한 바다코끼리 한 마리를 잡아서 집으로 끌고 왔다.

"바다코끼리가 드물어졌어요. 부빙에 2천 마리씩 앉아 있었는데 이젠 두 마리 있으면 다행이에요."

투자크가 장인에게 말했다.

카킨악도 인상을 썼다.

"그러게 말이야. 고작 몇 놈이 부빙을 타고 마을을 지나갈 뿐이야. 변고도 이런 변고가 없어. 무슨 흉조가 든 건지, 마을 샤먼에게 물어 봐야겠어."

"샤먼은 안 돼요."

투자크는 더럭 겁이 나서 흑담비 모피를 움켜잡았다.

"샤먼은 모든 걸 꿰뚫어 보니까 제가 저지른 일을 알아챌 거예요. 제가 고래들을 배신했던 거요."

투자크는 고개를 떨어뜨렸다. 카킨악이 집 밖으로 나갔다.

샤먼의 집에 갔던 카킨악이 불과 몇 분 만에 돌아왔다.

"샤먼이 술에 절어 있어."

투자크는 충격받았다. 그리고 이런 생각이 들기 시작했다. 샤먼에게 정말로 신통력이 있다면, 왜 그 능력으로 술을 끊지 못하는 거지? 투자크는 고주망태 샤먼이라면 애초에 신통력이 없는 샤먼이라고 결론 내렸다. 물론 확신할 수는 없었다. 하지만 어떻게든 시쿠를 지키리라는 결심만큼은 굳었다. 시쿠는 투자크에게 목숨 같은 고래였다. 둘은 운명으로 묶여 있었다. 둘은 형제였다. 투자크는 시쿠를 계속 기다리기로 했다. 계속 바다를 지켜보기로 했다.

카킨악이 시쿠에 대한 생각을 털어났다.

"나는 나이가 많아. 자네가 시쿠를 보호하는 데 별 도움이 못 돼. 시쿠의 영과 교감을 유지하도록 하게. 그러면 위험이 닥쳤을 때 시쿠가 자네에게 알려 올 걸세. 우리는 고래가 필요해. 우리는 고래 없이 생존할 수 없어. 고래도 우리가 필요하고 말이야."

투자크의 아내 쿠툭은 다른 마을 여인들과 몇 날 며칠 쉬지 않고 일했다. 여인들은 바다표범 가죽을 자르고 꿰매서 우미악의 나무 뼈대 위에 팽팽하게 씌웠다. 몹시 고되고 까다로운 작업이었다. 여인들은 바다표범 기름을 잔뜩 덮어썼고, 온 마을에 가죽 냄새가 진동했다.

여인들이 배를 만드는 동안, 투자크는 바다코끼리 가죽 한 장을 들고 처갓집에서 조금 떨어진 곳으로 갔다. 그는 표류목으로 기둥을 세우고 바다코끼리 가죽을 둘렀다. 다음에는 미리 말려서 다듬어 놓은 카리부 가죽을 가져다가, 바다코끼리 가죽에 덧대 커다란 정사각형 공간을 만들었다. 그리고 고래 심줄을 이용해서 가죽들을 표류목 대들보에 묶었다. 새집이 모양을 갖춰 갔다. 마지막으로 투자크는 난파한 양키 고래잡이배의 돛에서 뜯어 온 캔버스 천으로 지붕을 만들고, 고래수염 장대로 받쳤다. 이렇게 신혼부부를 위한 새 집이 마련됐다. 한 해가 가고 다시 봄이 왔다. 고래들이 귀환하는 시기였다.

봄에 경사도 생겼다. 신혼집에 투자크 2세가 태어났다. 아기의 아빠가 노래했다.

잘 자라, 아기 투자크.
잘 자라, 잘 자라.
푸른 파도를 헤치고
시쿠가 오고 있단다.

다음 날이었다. 이웃 사람 한 명이 투자크에게 자신의 최신식 엽총을 자랑했다. 남자는 바다를 향해 총을 겨누고 방아쇠를 당겼다. 탕! 귀를 찢는 굉음에 투자크도 총 주인도 혼비백산했다. 투자크는 온몸에 소름이 끼쳤다. 이제는 에스키모의 손에도 양키들이 고래잡이에 쓰는 총이 들어왔다. 집에 와서도 총 생각이 떠나지 않았다. 그런 고래잡이 총은 폭발음만으로도 고래들에게 심각한 해를 미칠 것이 분명했다. 시쿠가 북상해 올 때가 됐다. 이미 가까이 왔을 수도 있었다. 티키각 주민에게 고래 사냥은 삶이 걸린 중요한 일이었다. 고래는 자격 있는 사냥꾼에게 스스로를 바친다. 만약 시쿠가 여기 사냥꾼에게 자신을 바치면 어떡하지?

투자크는 해변의 해빙 위로 나갔다. 그는 거대한 하늘색 얼음덩어리에 앉아 개빙 구역을 바라보았다. 하얀 얼음 사이로 열린 바다가 시커먼 줄무늬를 만들었다. 고래들이 그리로 헤엄쳐 지나갔다. 한참을 기다린 끝에, 바닷물이 회오리치더니 고래 한 마리가 물 위로 올라왔다. 고래의 턱에 춤추는 에스키모 모양의 흰색 반점이 있었다. 시쿠가 티키각의 고래 사냥 구역 안에 들어와 있었다.

"시쿠! 가! 도망가!"

투자크는 목이 터져라 외쳤다.

고래가 알아들은 것처럼 도로 잠수했다. 커다랗게 퍼져 나가는 파문이 시쿠의 다급한 퇴각을 보여 주었다.

고래들을 겁줘서 쫓아 버리는 것은 에스키모 고래 사냥꾼들의 분노를 사는 행동이었다. 투자크도 잘 알고 있었다. 다행히 주위에는 아무도 듣는 귀가 없었다. 그는 티키각의 사냥꾼들에게 스스로를 바치는 고래는 다른 고래가 되고, 시쿠는 무사하기를 기도했다.

" - - - ᜪᜪᜪᜪᜪ - - - ᜪᜪᜪᜪᜪ - - ."

바다에서 바람의 노래 같은 소리가 들려왔다.

"시쿠, 무슨 뜻이야?"

투자크가 자신의 뺨을 두드리며 소리 높여 물었다.

그는 몇 시간을 더 지켜봤다. 더는 지나가는 고래가 없었다. 시쿠는 안전했다. 투자크의 얼굴에 미소가 떠올랐다. 이런 장엄하고 아름다운 얼음 세계를 떠나고 싶지 않았다. 그는 이곳에서 시쿠를 다시 찾았다. 그리고 살 곳도 찾았다. 이제 이곳이 투자크의 집이었다.

바다는 검푸른 혈관처럼 갈라진 개빙 구역만 빼면 온통 눈부신 흰색이었다. 뭉게구름이 수평선을 에워쌌다. 야생 거위가 줄지어 북쪽으로 날아갔다. 상아갈매기들이 부빙 위로 쏜살같이 지나다녔고, 북극제비갈매기가 특유의 숨넘어가는 소리로 끼유우 끼유우 울었다. 위대한 정령이 세상에 입 맞추고 있었다.

"여기가 너와 나의 집이야, 시쿠."

투자크가 속삭였다. 다른 고래들까지 놀라게 하고 싶지는 않았다.

며칠이 흘렀다. 티키각의 고래 사냥꾼들이 마을에 고래 두 마리를 잡아 왔다. 시쿠는 멀리 북쪽에 있었다.

6

바다 위에서

- 1861년 -

한때 하찮은 캐빈 보이였던 톰 보이드도 바다를 떠나지 않았다. 그는 차근차근 출세해서 지금은 포경선 트리덴트 호의 선장이 됐다. 그는 돛을 활짝 펴고 출항하라는 명령을 내렸다.

톰 보이드는 북극 바람에 맞서 고개를 치켜들고 깊이 숨을 들이마셨다. 톰은 매사추세츠의 항구 도시 뉴베드퍼드에서 공립학교를 나왔고, 스물두 살 때 사랑스런 앤 데이나와 결혼했다. 결혼하던 해에 어선의 선원이 되었고, 그 후 바다에서 잔뼈가 굵었다. 그는 폭풍 치는 바다와 잔잔한 바다를 항해하는 법을 고루 익히며 언젠가 북극해로 나아갈 만반의 준비를 갖췄다. 그리고 마침내 그의 꿈이 실현됐다. 그는 선장이 되어 북극해로 돌아온 것이다.

톰 보이드 선장 옆에는 그의 아들 톰 2세가 있었다. 어린 톰은 그의 아버지가 과거에 그랬던 것처럼, 휘둥그레진 눈으로 흥분을 감추지 못했다.

배는 뒤에서 바람을 받으며 베링 해협을 통과해서 북극해를 향해 빠른 속도로 북진했다. 남색 바닷물에 하얀 부빙들이 점점이 깔려 있었다. 갈매기들이 하늘에 원을 그리며 날고, 해안을 따라 바다 바닥까지 얼어 있는 정착빙 위에는 바다표범들이 한가로이 잠을 잤다.

항해 며칠 후, 트라이덴트 호는 열린 바다에서 활머리고래 무리와 마주쳤다. 선원들은 고래들을 쫓아가 작살로 한 마리를 죽였다. 그들은 근육이 찢어져라 용을 쓴 끝에 고래를 트라이덴트 호로 들어 올려서 분해할 준비에 들어갔다.

작살잡이 빅 헨리를 비롯한 일곱 명의 고래잡이들이 고래 지방을 두껍게 포를 떠서 잘라냈다. 그리고 다들 나서서 지방을 갑판으로 끌어올렸다.

"작아."

빅 헨리가 못마땅한 소리로 말했다.

"큰 놈들은 이제 씨가 말랐어."

빅 헨리는 장대를 짚고 기대섰다. 3미터나 되는 장대 끝에는 고래의 가죽을 벗기고 기름을 발라내는 칼이 달려 있었다.

"내가 처음 북극해에 왔던 1848년엔 이렇지 않았어."

일등 항해사 존이 선장과 톰 2세와 빅 헨리가 있는 곳으로 와서 함께 작업 현장을 주시했다.

존이 생각에 잠겨 말했다.

"큰일인데요. 그동안 포경선들이 활머리고래를 싹 쓸었어요."

톰 2세가 머리에 덮어썼던 파카 후드를 내리고 존을 보며 물었다.

"그렇게 많이 죽였어요?"

"그래, 저기 깔린 포경선들을 봐라."

존이 바다를 가리켰다.

"한때는 오른쪽에도 왼쪽에도, 물 위에도 물 아래에도 온통 고래로 그득했던 곳이야. 지금은 한 마리를 찾기도 힘들어. 문제는, 여기서 첫 고래를 잡은 지 불과 13년 만에 이렇게 됐다는 거야."

"저는 북극해에 온 게 이번이 처음이에요. 이번 항해가 3년은 걸릴 거라고 하니까 어머니가 아버지와 함께 가겠다고 우겼어요."

톰 2세는 빙긋 웃으며 말을 이었다.

"그래서 저도 가겠다고 우겼죠. 오기를 정말 잘했어요. 여기 바다는 정말 달라요."

소년은 푸른색과 흰색의 세상을 향해 팔을 뻗었다. 머리 위를 나는 새들과, 해빙에서 미끄러지는 바다표범들과, 바닷물을 퀼트 이불처럼 덮은 총빙(바다 위를 떠다니는 부빙들이 바싹 모여서 이루어진 거대한 얼음덩어리).

톰 2세의 시선이 문득 죽은 고래의 눈에 닿았다. 고래는 눈을 뜨고 죽었다. 고래의 눈이 그를 응시하고 있었다. 날카로운 슬픔이 소년을 관통했다.

"멋진 고래야, 미안해."

소년이 옆 사람의 귀에도 들어가지 않을 만큼 작게 속삭였다.

고래잡이들이 고래 지방을 잘라내기 시작하자 소년은 눈길을 돌렸다. 고래가 토막 나는 것을 보고 싶지 않았다.

그때 갑자기 배가 요동쳤다. 톰 2세는 중심을 잃고 휘청대다 기름 정제소 근처까지 미끄러졌다. 정제소는 고래 지방을 끓여 기름으로 만드는 시설인데, 벽돌로 부뚜막을 쌓고 그 안에 커다란 무쇠 가마솥들을 나란히 고정시킨 구조물이었다.

배가 다시 균형을 잡았다. 톰 2세도 중심을 되찾았다. 톰이 정제소를 가리키며 물었다.

"빅 헨리 아저씨, 꼭 우리가 여기서 고래 지방을 졸여야 해요? 힘들고 위험한 일 아닌가요?"

빅 헨리가 대답했다.

"배에서 졸이면 훨씬 많은 고래 지방을 가져갈 수 있어. 그만큼 바다코끼리 상아를 싣고 갈 자리가 생기는 거야."

빅 헨리는 바다를 덮은 총빙으로 시선을 던졌다. 총빙이 배 쪽으로 움직이고 있었다. 빅 헨리의 얼굴이 무섭게 굳어졌다.

으드득 소리가 났다. 배가 우현으로 가파르게 기울었다. 톰 2세는 다시 중심을 잃었다. 그는 큰 돛대의 버팀목에 있는 힘껏 매달렸다. 총빙이 밀려오더니 이제는 배를 압박하면서 해안 정착빙 쪽으로 밀어붙이고 있었다. 트리덴트 호가 다시 바로 서자 톰 2세는 부리나

케 사다리를 내려가 선장실로 들어갔다. 어머니가 고개를 들었다.

"빨리 작업을 마치고 여기서 벗어나면 좋겠어요. 여기는 사방이 얼음이에요."

톰 2세가 말했다.

톰은 책상에 앉아 책을 집어 들었다. 가파르게 요동치는 배를 잊고 싶었다.

톰의 어머니가 말했다.

"외우기를 마치면 스펠링 시험을 볼 거야."

톰 2세는 고개를 숙이고 책을 보았다. 하지만 참지 못하고 자꾸만 고개를 들었다. 어머니도 요동치는 배에 긴장한 기색이었다.

"배가 표류하고 있어요."

톰이 말했다.

배가 크게 흔들리더니 멈춰 섰다.

"표류를 멈췄어요."

"공부에나 집중해."

어머니가 말했다.

비명처럼 날카로운 소리가 귀청을 찢었다. 톰 2세는 튀어 일어나 문을 열어젖히고 갑판으로 뛰어 올라갔다. 그는 조타기로 향하는 아버지와 마주쳤다.

"무슨 일이에요?"

톰 2세가 물었다.

"작은 문제가 생겼다."

보이드 선장은 아들의 불안해하는 얼굴을 보고 상황을 설명했다.

"폭풍이 오고 있어. 바람이 배를 커다란 부빙에다 밀어붙이고 있어."

선장은 서둘러 발을 옮겼다. 톰 2세도 아버지를 따라 함교로 갔다.

"북극해가 이런 곳이다. 항상 위험이 도사리고 있지."

보이드 선장이 말하고 나서 조타기를 잡았다.

트리덴트 호의 돛들이 바람을 잔뜩 받았다. 배가 항로를 바꿨고 천천히 속도를 올렸다. 보이드 선장은 부빙을 빙 돌아서 열린 바다로 나갔다. 해안이 아직도 가시권에 있었다. 선장은 겉으로는 기세 당당했지만 속으로는 공포에 떨었다. 그는 총빙이 얼마나 예측불허하고 위험한지 잘 알고 있었다.

톰 2세는 밧줄 다발 위에 앉았다. 얼음과 충돌해 난파한 배들의 이야기를 그동안 수없이 들었다.

"기름 가마솥에 땔 나무가 필요해."

앉아 있는 아들을 보고 보이드 선장이 고함쳤다.

"가서 빅 헨리를 도와라."

톰 2세는 갑판으로 달려 내려갔다. 펌프 소리가 들렸다. 배 어딘가에 물이 새고 있다는 뜻이었다. 톰은 사다리를 타고 화물창으로 내려갔다. 선원 두 명이 열심히 펌프를 가동하고 있었고, 빅 헨리가 물 새는 틈들을 뱃밥(낡은 밧줄을 푼 것)으로 틀어막고 있었다. 배 안으로 흘러들던 물줄기가 멈췄다.

"나무를 구하러 가야겠다. 화덕의 불이 다 꺼져가."

빅 헨리가 톰 2세에게 말했다.

"나무요? 여기서요? 여기는 얼음밖에 없는데요!"

"북극해에는 큰 강을 따라 바다로 떠내려온 통나무들이 많아. 바다를 떠돌다가 파도에 밀려 해안에 쌓이지. 그런 나무를 가져오는 거야. 에스키모는 그걸로 배도 만들고 집도 짓고 그래."

빅 헨리는 갑판으로 올라가서 작은 낚싯배를 바다에 내린 다음 밧줄을 타고 내려갔다.

톰과 존이 갑판에서 지켜보는 가운데, 빅 헨리는 해안에서 가문비나무를 발견하고 그리로 배를 댔다. 나무는 수년 동안 부빙에 이리 치이고 저리 밀린 탓에 은회색으로 변해 있었다. 빅 헨리는 나무를 4등분으로 쪼개서 낚싯배에 던져 넣었다.

톰 2세가 존의 팔을 잡으며 육지를 가리켰다. 에스키모 한 명이 빅 헨리에게 접근하고 있었다. 해변 자갈이 에스키모의 북극곰 털가죽 방한화 아래에서 뿌드득뿌드득 소리를 냈다. 에스키모는 파카 후드를 뒤로 젖히고 노여운 얼굴을 그대로 드러냈다. 에스키모 남자가 걸음을 빨리 했다. 관목 숲에서 에스키모 네 명이 더 모습을 드러냈다.

에스키모 남자들이 계속 거리를 좁혀 왔다. 헨리는 급히 통나무 두덩이를 마저 낚싯배에 던져 넣고, 배에 올라타 노를 젓기 시작했다.

에스키모 다섯이 일제히 활과 화살을 치켜들었다. 빅 헨리는 죽어라 노를 저었다. 그는 에스키모에게서 벗어나 트리덴트 호로 귀환했다.

"무서웠어요?"

톰 2세가 빅 헨리에게 물었다.

"당연하지. 하지만 진짜 무서운 게 뭔지 알아? 그건 바로 이 바다야. 여기 날씨. 여기 얼음."

빅 헨리가 말했다. 헨리는 주워 온 나무를 들어 올려 갑판에 있는 존에게 전달했다.

하늘에서 눈이 날렸다. 싸락우박이 배를 때렸다. 돌풍이 몰아쳤다. 선원들이 트리덴트 호의 돛 방향을 조정했다. 배는 베링 해의 폭풍과 제대로 조우했다. 해빙도 해빙이지만, 포경선들이 가장 두려워하는 것이 바로 북극의 폭풍이었다. 무서운 파도가 갑판을 휩쓸고, 부서진 통에서 고래기름이 흘러넘쳤다.

트리덴트 호는 폭풍을 뚫고 위태롭게 베링 해를 빠져나가 하와이를 향해 남쪽으로 항해했다.

7

바닷속에서

– 1862년 –

〰〰〰〰〰 는 수컷 활머리고래 무리에 합류해서 봄 이동을
시작했다. 그의 엄마는 다른 암컷 고래들과 앞서 출발했다. 이동 중
에 태어난 새끼 고래는 어미 옆에서 헤엄쳤다. 어미 고래들은 유영 속
도를 줄여서 새끼들과 보조를 맞췄다.

올해 열세 살이 된 〰〰〰〰〰 는 이미 오래전에 엄마 품에서
독립했다. 시쿠의 엄마는 막 새끼를 낳은 딸과 동행하면서 딸에게
범고래와 포경선을 피하는 요령을 가르치고 있었다. 포경선들이 연
안류를 따라 여름 서식지까지 고래들을 쫓아오고 있었다. 고래 수
백 마리가 이동 중이었다.

〰〰〰〰〰 는 배들로부터 벗어나기 위해 최고 속도로 유영
했다. 알래스카 최북단 배로우에 이르자 그는 거미불가사리와 말미

잘과 대게가 붙어 있는 배로우 해저 협곡을 따라 헤엄쳤다.

물고기가 거대하게 떼 지어 지나갔다. 조개도 떼로 입을 벌렸다 닫았다 했다. 조개 무리가 한 곳에서 다른 곳으로 기어가면 마치 바다 밑바닥이 살아서 움직이는 것 같았다.

〰〰〰〰 는 태어나서 바다코끼리를 본 적이 별로 없었다. 포경선들이 그동안 바다코끼리를 3십만 마리 넘게 죽였다. 양키들이 북극해에서 고래와 바다코끼리를 잡아들이기 시작한 지 13년 만에 이곳 해양 생태는 몰라보게 바뀌었다. 시쿠도 그 변화를 느꼈다.

배로우를 지난 후 〰〰〰〰 의 무리는 또 다른 수컷 활머리고래 무리와 합류해서 보퍼트 해로 들어갔다. 무리를 이끄는 고래는 〰〰〰〰, 인간의 언어로 티구크라고 불리는 현명하고 나이 많은 고래였다. 무리는 그를 따라 무사히 포경선을 피해 여행했다. 원래 활머리고래는 인간이나 늑대와 달리 단일 우두머리를 두지 않는다. 그저 어리고 젊은 고래들이 따르고 배우는 지혜로운 연장자들이 있을 뿐이었다. 티구크는 115살이었다.

배로우를 지나 부서진 얼음을 헤치고 2주를 더 여행한 끝에 무리는 목적지인 동부 보퍼트 해에 도착했다. 계절은 이제 봄이었다. 바다 물결이 공기처럼 맑았다. 고래들은 햇볕에 짙은 청록색으로 빛나는 총빙 근처에서 휴식을 취했다. 지리상으로 북극점에서 1,000마일, 나침반이 가리키는 자북극에서 300마일 떨어진 지점이었다.

〰〰〰〰 는 부빙들 사이에서 텀벙텀벙 뒹굴었다. 그러다 회

전하면서 바다 밑바닥까지 내려갔다가 다시 수면으로 올라왔다.

활머리고래 무리가 동부 보퍼트 해로 이동한 이유는 동물성 플랑크톤을 찾아서였다. 동물성 플랑크톤은 떼 지어 다니는 크릴 같은 갑각류와 요각류 동물을 말하는데, 이것이 바로 고래의 먹이였다. 극지방 바다에는 수백만 년 전부터 동물성 플랑크톤이 풍부했다.

∿∿∿∿ 는 입을 우미악보다도 크게 쩍 벌리고 바닷물과 함께 엄청난 양의 플랑크톤을 들이킨 다음, 입을 다물고 입가로 바닷물만 도로 뿜어냈다. 그는 입천장에서 발처럼 자라난 640개의 수염판에 난 수염으로 플랑크톤만 싹 걸러서 먹고, 바닷물은 혀로 눌러서 입 밖으로 내보냈다. ∿∿∿∿ 는 이런 식으로 단번에 백 파운드의 크릴을 삼켰다. 정말 오랜만에 먹는 먹이다운 먹이였다.

∿∿∿∿ 는 여름 동안 맘껏 먹고, 물속에서 맘껏 놀았다. 부빙이 녹으면서 고드름이 종유석처럼 주렁주렁 달렸다. 그는 친구들과 함께 도약했다. 어떤 때는 서로에게 물세례를 주다가 한꺼번에 잠수했다. 군무를 하듯 여럿이 동시에 회전하며 바다 밑바닥까지 내려갔다가 다시 올라오기도 하고, 배를 내놓고 헤엄치다가 몸을 돌리기도 했다.

∿∿∿∿ 가 커다란 통나무를 발견하고 나무를 친구들에게 밀어 보냈다. 고래들은 나무를 주거니 받거니 하면서 가라앉히려 애썼다. 하지만 결국엔 포기했다.

∿∿∿∿ 는 신명나게 놀았다. 그는 영양이 풍부한 하층

해수가 바다 표면으로 올라오는 곳에서 배를 채웠다. 그는 상승류에 몸을 맡기고 빙글빙글 돌았다. 놀다가 지치면 수면에 가만히 누워서 바다의 음악을 들었고, 부드럽게 숨을 마시고 뿜었다. 그는 활머리고래들이 웅성대는 소리와, 조개와 물고기가 짹짹대는 소리와, 새우가 딸깍거리는 소리와, 고둥이 붕붕거리는 소리를 들었다. 영혼을 달래 주는 소리였다. 이곳은 그의 터전이었다.

고래들은 즐거이 먹고 놀았다. 그렇게 3개월이 지난 어느 날, ∿∿∿∿ 는 높고 날카롭게 울리는 소리를 들었다.

" - - - - - ‑\\\\\\\\\\ _ _ _ ⌐ - ‾ \\\\\\\\\\\\\\\\ . (남하할 준비를 하라.)"

늙은 고래 ∧∧∨∧∨∧ 가 보내는 메시지였다. 그는 태양 광선이 바닷물과 만나는 각도의 변화를 인지했다. 그것은 얼마 안 가 바다가 다시 결빙하기 시작할 거라는 뜻이었다. 해가 지지 않는 3개월짜리 여름날은 이제 끝났다. 곧이어 짧은 일몰이 나타났고, 밤이 계속 길어졌다. 보퍼트 해의 수면에 얼음꽃 같은 서리가 앉기 시작하자 ∧∧∨∧∨∧ 는 다시 한 번 '남으로 향하라.'는 메시지를 보냈다. 이번에는 이렇게 덧붙였다.

" ⌐///////////////////∧ ! (출발!)"

∿∿∿∿∿ 는 동물성 플랑크톤을 마지막으로 한껏 삼키고 ∧∧∨∧∨∧ 와 합류했다. 시쿠는 85톤에 달하는 거대한 고래 옆에서 천천히 헤엄쳤다. 둘은 보라색을 띠는 해역에 이르렀다. 고위

도 북극해에서 굽이쳐 내려오는 한류가 동부 보퍼트 해에서 내려오는 해류와 만나는 곳이었다. 〰〰〰 와 〰〰〰 는 이 해류를 따라 헤엄쳤다. 이렇게 가면 러시아 쪽으로 치우쳐서 가을 이동 경로를 탈 수 있었다.

다른 고래들도 속속 합류해서 고래 수가 서른으로 늘었다. 그중에는 〰〰〰 의 엄마와 다섯 암컷 고래도 포함돼 있었다. 가을 이동 때는 활머리고래 수컷과 암컷이 한데 섞였고, 고래 중 일부는 이때 짝을 맺었다.

〰〰〰 도 이제 암컷에 관심을 보이는 나이에 접어들었다. 그는 배로우까지 가는 동안 암컷 한 마리와 앞서거니 뒤서거니 서로를 부르며 나란히 헤엄쳤다. 열흘 후 고래 무리는 티키각 연안에 이르렀다. 시쿠는 에스키모 청년 한 명이 배를 타고 나와 고기를 잡고 있는 것을 보았다. 그는 무리에서 벗어나 청년에게 다가갔다. 그가 아는 에스키모였다. 그래도 혹시나 해서 청년 주위를 빙빙 돌았다. 그는 청년의 얼굴을 알아봤다. 그는 청년이 좋은 사람임을 감지했다. 〰〰〰 는 어렸을 때부터 그런 것을 감지하는 법을 배웠다. 고래에게 이런 감지 능력은 곧 위험을 피하는 능력이었다. 범고래는 위험했다. 빨갛고 하얗고 파란 깃발을 단 양키 포경선들도 위험했다. 하지만 착한 눈의 이 청년은 좋은 사람이었다.

에스키모와 활머리고래의 인연은 2천 년 동안 이어져 왔다. 에스키모는 활머리고래를 영적인 존재로 여긴다. 활머리고래는 누가 진

정한 사냥꾼인지 알아보고, 심지어 사냥꾼이 무슨 생각을 하는지도 안다고 믿는다. 고래는 오로지 자격 있는 사냥꾼에게만 스스로를 바친다.

～〜〜ЛＬ～Л 는 엿보기 도약을 하며 투자크를 다시 한 번 살폈다. 그리고 잠수하면서 꼬리로 수면을 털썩 내리쳤다.

"ЛＬＬＬ——ＬＬＬＬ . (착한 눈을 가진 소년, 너를 기억하고 있어.)"

시쿠가 날카롭게 울었다.

시쿠가 반갑게 도약했다. 투자크는 고래의 아래턱에 있는 반점을 보았다. 춤추는 에스키모를 닮은 반점.

"시쿠, 얼른 가!"

청년이 외쳤다. 청년이 손뼉을 쳤다.

"깊이 들어가. 양키들이 여기서 사냥을 하고 있어. 양키들이 그랬어. 고래들은 항상 듣고 있다고. 어서 시쿠, 내 말 좀 들어. 얼른 가!"

～〜〜ЛＬ～Л 는 꼬리를 흔들어 인사하고 서쪽으로 헤엄쳤다. 그는 청년의 말을 알아듣지는 못했지만, 그의 뜻은 이해했다.

～〜〜ЛＬ～Л 는 부빙 아래로 잠수해서 고래 무리에게로 돌아갔다. 하지만 만에 있는 인간이 투자크뿐은 아니었다. 불과 1마일 떨어진 곳에 포경선 리버티 호에서 내려온 고래잡이 어정들과 선원들이 있었다. 고래잡이 어정 한 척이 시쿠를 보았다. 어정은 시쿠가 있는 부빙으로 가서 닻을 내렸다. 작살잡이는 작살을 치켜들고, 시쿠가 숨 쉬러 올라오기를 조용히 기다렸다. 다른 선원들도 작은 소리

하나 내지 않았다.

　부빙 아래에 있는 〰〰〰〰 에게 어정의 밑면이 보였다. 배가 수면에 컵처럼 얹혀 있었다. 시쿠는 겁이 났다. 시쿠와 그의 무리는 거대한 부빙 밑을 통과해 사냥꾼들로부터 멀리 헤엄쳤다. 고래들은 거대한 머리로 얼음을 밀어 올렸다. 마침내 얼음이 갈라지면서 공기가 들어왔다. 고래 무리는 숨을 들이마신 다음, 계속 부빙 아래로 헤엄쳤다. 고래들은 고래잡이들로부터 몇 마일이나 벗어났다.

　바다 표면에서 이런 말들이 들려왔다.

　"고래들이 도망쳤다. 영리한 놈들이다. 우리를 보면 부빙 아래로 숨는다."

　다른 말들도 있었다.

　"어쨌거나 잡을 만큼 실한 놈도 아니었어. 고래들이 죄다 고만고만했어. 어린 고래는 기껏 잡아 봤자 지방도 많이 안 나와. 고래수염도 너무 짧아서 못 써. 돌아가자."

　작살잡이가 말했다.

　작살잡이가 어정의 돛을 펼쳤다. 돛이 바람을 받아 팽팽히 부풀었고, 선원들은 속력을 내어 모선으로 돌아갔다. 〰〰〰〰 는 포경선의 윈들러스(닻 등을 감아올리거나 내리는 장치)가 윙 하고 도는 소리를 들었다. 어정을 물에서 끌어올려 도로 계류기에 앉히는 소리였다. 〰〰〰〰 가 〰〰〰〰 와 합류하러 갈 때, 저 멀리 깊은 바다에서 굵고 낮은 경고의 소리가 들려왔다.

"_____〰〰〰〰〰〰_〰〰〰〰〰〰〰_____ . (범고래들이 그쪽으로 가고 있어.)"

〰〰〰〰〰 는 범고래들이 그를 향해 수면을 스치듯 달려오는 소리를 들었다. 그는 부빙 아래로 들어가 공기막 안에 숨었다. 범고래들이 부빙까지 따라와도 그 밑까지 들어올 수는 없었다. 범고래의 검정 등지느러미는 높이가 거의 2미터에 달하기 때문에, 자칫 시쿠를 쫓아 들어가려 했다가는 몸이 얼음에 걸려 찢어질 수 있었다. 그래서 북극고래는 부빙을 천적을 피하는 자기방어 수단으로 활용했다. 아니나 다를까, 범고래들이 할 수 없이 방향을 바꿔 살찐 바다표범 무리를 쫓아갔다. 바다표범들은 순식간에 수면으로 회전 상승해서 돌개바람처럼 도망갔다.

시쿠는 범고래들이 바다표범을 쫓아 멀리 사라지는 소리를 들은 다음에야 부빙 아래에서 헤엄쳐 나왔다. 다른 고래 셋이 물 위로 엿보기 도약을 했다. 셋은 범고래가 보이지 않자 서둘러 다시 남쪽으로 출발했다.

하지만 〰〰〰〰〰 는 부빙 아래에서 나오자마자 범고래 한 마리와 딱 마주쳤다. 시쿠가 부빙에서 나오기를 조용히 기다리던 놈이었다. 시쿠는 부랴부랴 몸을 돌려 다시 얼음 아래로 들어갔다. 범고래가 막강한 아가리 힘으로 시쿠의 꼬리를 으스러뜨릴 듯 물고 늘어졌다. 〰〰〰〰〰 는 필사적으로 몸부림을 쳐서 꼬리를 범고래의 아가리에서 빼냈다. 하지만 포식자의 강력한 이빨이 깊은 상처

78

를 남겼다. 범고래는 때를 놓치지 않고 사냥을 도와줄 동료 범고래를 불렀다. 한 마리가 도착했다. 범고래 두 마리가 시쿠의 주위를 빙빙 돌았다.

〰〰〰〰 는 잠수해서 해저 계곡으로 내려갔다. 그는 앞지느러미와 꼬리지느러미로 바닥을 쳐서 진흙 폭풍을 일으켜 구름처럼 탁해진 물에 몸을 숨겼다. 범고래들이 쫓아왔지만 토사 구름을 뚫지는 못했다. 범고래들이 토사 구름 주위를 맴돌았다. 그렇게 한참이 흘렀다. 〰〰〰〰 는 숨을 쉬러 물 위로 올라가야 했다. 하지만 그러지 않았다. 그는 물속에서 30분을 더 버텼다. 그러다 마침내 수면으로 올라와서 몇 번씩이나 길고 짙은 숨을 내뿜었다. 범고래들은 가고 없었다. 범고래의 울음소리도 점점 작아지며 남쪽으로 사라졌다. 그를 잡아먹으려던 범고래들이 포기하고 떠났다. 〰〰〰〰 는 거대한 공기 기둥을 뿜어내며 다른 고래들을 불렀다.

〰〰〰〰 가 〰〰〰〰 의 소리를 듣고 되돌아왔다. 그는 꼬리에서 피를 흘리는 시쿠를 보고 따라오기가 어렵다고 판단했다. 그렇다고 무리 전체의 이동을 지체할 수는 없었다. 시쿠만 남겨 놓고 다른 고래들은 계속 가야 했다. 연장자 고래는 다시 고래 무리로 돌아갔다. 그리고 서둘러 무리를 이끌고 서쪽으로, 다음에는 남쪽으로 이동했다. 무슨 일이 있어도, 바다가 얼음으로 뒤덮이기 전에 베링 해에 도착해야 했다. 얼음이 너무 두꺼워지면 고래가 얼음

을 깨서 공기 구멍을 만들기가 어려웠다.

∿/\/\∿/\/\ 는 천천히 남쪽으로 헤엄쳤다. 범고래에 물린 상처가 욱신거렸지만 가만히 있을 수는 없었다. 그는 꾸준히 헤엄쳐서 베링 해협을 통과하고 다이오미드 제도의 두 섬을 지났다.

캐나다두루미가 해협을 가로질러 날아갔다. 두루미도 둥지를 틀었던 시베리아 황야를 떠나 남으로 향하고 있었다. 멀리 플로리다와 텍사스에서 겨울을 나는 새들이었다. 암컷 쇠고래들이 그의 옆을 지나갔다. 쇠고래들은 짝짓기와 번식을 위해서 멕시코 바하칼리포르니아로 가는 중이었다. 며칠이 더 지나 시쿠는 투자크의 고향 마을 해안에 이르렀다. 드디어 베링 해였다. 시쿠는 그제야 쉬었다.

"\\\\\\\ _ _ _ _ _ _ ≡≡≡≡≡ _ _ _ \\\\\\\\ ≡≡≡≡≡ _ _ _ \\\\ ."
시쿠는 즐거이 휘파람을 불었다. 앞서 세인트로렌스 섬 근처에서 반가운 엄마의 모습도 보았다.

그런데 섬 근처에 반가운 것만 있지는 않았다. 선더 호라는 포경선도 있었다. 선더 호 선원들은 고래잡이 시즌 끝자락까지 남아 고래를 포획하고 있었다. 고래잡이들이 분기하러 수면으로 올라온 시쿠의 엄마를 발견하고 고래잡이 어정을 한 척 띄웠다. 어정이 소리 없이 시쿠의 엄마에게 다가갔다. 엄마는 갓 낳은 딸을 돌보느라 미처 고래잡이들의 노 젓는 소리를 듣지 못했다. 작살잡이가 어미 고래의 몸에 작살을 찔러 넣었다. 작살과 함께 줄과 부표들이 줄줄이 딸려 갔다. 다음에는 커다란 폭발 작살이 발사됐다. 탄환은 어미 고래의 지방층을 통과해 체강에 이르렀다. 그리고 거기서 폭발했다.

엄청난 상처를 입고도 어미 고래는 아무 소리도 내지 않았다. 놀라 울부짖지도 않았고, 고통스런 비명을 지르지도 않았다.

〜〜〜〜〜〜 는 엄마에게 갔다. 새끼 고래가 가련하게 울어 댔다. 어미 고래는 몸에 박힌 작살을 빼려고 물속 깊이 잠수했다. 하지만 작살은 빠지지 않았다. 작살잡이가 작살 줄을 더 풀었다. 어미 고래는 몸을 돌려 어정을 향해 돌진했다. 다른 어정들도 현장으로 몰려들었다. 고래잡이들이 어미 고래에 작살들을 던졌다.

어미 고래는 돌아섰다. 하지만 몸에 입은 상처가 너무나 컸다. 어미 고래 위로 고래잡이 어정들이 더 나타났다. 노들이 사정없이 물을 휘저었다. 어미 고래는 계속 헤엄쳤다. 바다 바닥을 스치듯 내달려 뾰족하게 돌출한 바위로 향했다. 바위에 작살 줄들을 끊어 버릴 작정이었다. 하지만 어미 고래는 바위에 닿지 못했다. 작살 줄들이 더 이상의 전진을 막았다. 어미 고래는 가라앉기 시작했다.

몇 분 후, 어미 고래의 몸이 수면으로 올라왔다. 어미 고래는 숨구멍으로 붉은 물을 뿜었다.

어미 고래는 마지막 사력을 다해 꼬리를 펄떡이며 물 위로 10미터까지 솟구쳤다가 떨어졌다. 거대한 물보라가 고래잡이들을 덮쳤다. 하지만 그들은 물보라 따위는 안중에 없었다. 그들 앞에 70톤에 달하는 보물덩이가 있었다.

바다 표면이 끈적하게 가라앉았다. 물결이 잦아들면서 기름과 피가 번들대며 흘렀다. 도둑갈매기들이 하늘을 맴돌았다. 바다오리들이 고래잡이 어정들 주변을 날아다녔다. 물에 앉아 고기를 잡던 바다오리들도 푸드득 날아올랐다. 어미 고래의 몸이 둥둥 떴다.

상아갈매기 한 마리가 끼룩! 하고 울고는 하늘 높이 날아갔다. 〰〰〰〰〰는 엄마를 보았다. 고래잡이 어정 여섯 척이 엄마를 선더 호로 끌고 가기 시작했다. 작살 줄들이 팽팽해졌다. 〰〰〰〰〰는 울부짖었다. 그의 슬픔이 바다를 찢으며 울려 퍼졌다.

고래잡이들이 고래잡이 노래를 불렀다. 고래잡이들의 노래와 환호가 번갈아 들렸다.

선더 호의 선원들은 이번 고래잡이 시즌의 대미를 장식한 활머리고래를 분해해서 지방층을 들어냈다. 고래기름이 나무통을 그득그득 채웠다. 시쿠 엄마의 고래수염은 화물창의 값비싼 북극곰 털가죽 옆에 쌓였다.

〰〰〰〰〰는 살육의 바다를 끝없이 맴돌았다. 그는 부빙 아래로 들어가 공기 틈을 만들고 밤새 거기 틀어박혔다. 그는 새벽이 올 때까지 움직이지 않았다.

〰〰〰〰〰는 비참하고 외로웠다. 그는 대양 밑바닥까지 가라앉아서 바닷게와 거미불가사리 사이에 누웠다.

바닷속 난파선 안에 살던 북극문어가 슬금슬금 선장실에서 기어나왔다. 문어는 빨판이 달린 다리로 작은 물고기 하나를 낚아챘다.

문어는 다리들로 물고기를 칭칭 감은 채 다시 침수된 선장실로 들어
갔다. 그리고 거기서 물고기를 먹었다.

"후우우우우웅 후우우우우웅..."

〰〰〰〰 가 울었다. 젖을 떼고 엄마 품을 떠난 지는 오래
됐지만, 엄마의 죽음은 그를 이루 말할 수 없는 슬픔에 몰아넣었다.
활머리고래의 시간으로 치면 그는 아직도 어린 고래였다. 이제 갓 태
어나 스스로 먹이를 구할 능력이 없는 그의 여동생은 다른 암컷 고래
가 입양했다. 암컷이 새끼 고래에게 젖을 물렸다. 얼마 후 암컷에게
서 젖이 흘렀다.

선더 호는 겨울을 보내려고 하와이 항으로 출발했다. 활머리고래
포획량이 옛날만큼은 못했지만, 포경선들에게 바다는 아직도 금밭
이었다.

8

바다 위에서

– 1871년 –

1871년 9월, 북극해가 포경선에게 대대적으로 복수했다. 40척의 포경선이 베링 해협을 통과해 알래스카 해안을 따라 북상했다. 이중에 무사히 귀환한 배는 일곱 척에 불과했다.

북극해에 남아 있는 몇 안 되는 고래들이 9월에 배로우 곶을 지나 남하한다는 정보가 있었다. 포경선들은 모든 위험을 무릅쓰고 이들을 잡으러 나섰다.

북극해로 몰려든 포경선들 가운데 트리덴트 호도 있었다. 이번에도 선장은 토머스 보이드였다. 그가 북극해에 돌아왔다. 그의 외아들 톰 2세도 함께 왔다.

이날, 배와 멀지 않은 곳에 〰〰〰 가 포함된 북극고래 무리가 있었다.

바다는 거칠었고, 배는 험한 파도에 위태롭게 흔들렸다. 트리덴트호를 비롯한 포경선들은 아이시 곶에서 프랭클린 곶까지 해안을 따라 형성된 정착빙과 앞바다 총빙 사이의 잔잔한 해역으로 들어갔다. 프랭클린 곶은 영국인 탐험가 존 프랭클린의 이름을 땄다. 하지만 프랭클린은 북서항로 개척에 나섰다가 실종되고 말았다. 포경선들은 이 해역에 들어가서 가을 이동에 나선 고래들이 남하해 오기를 기다릴 작정이었다.

보이드 선장이 프랭클린 곶으로 항해할 때였다. 그는 근처에서 수면 위로 도약하는 고래를 한 마리 발견했다. 고래의 턱에 춤추는 에스키모 같은 반점이 있었다.

"톰, 저기 고래다."

보이드 선장이 아들을 불렀다.

톰 2세가 달려왔다.

"어디요?"

톰이 외쳤다. 하지만 물에는 고래의 발자국만 남아 있었다. 고래 꼬리가 물을 차면서 수면에 만든 타원형 소용돌이. 곧이어 그 발자국마저도 사라졌다.

보이드 선장은 실망한 얼굴로 해안 쪽으로 배를 몰았다.

"우리는 여기서 대기한다. 현재 동풍이 불고 있다. 바람이 총빙을 바깥 바다로 밀어낼 거다. 그러면 우리는 석호 어귀에 닻을 내린다."

선장이 말했다.

"하지만 반대로 얼음이 다가오는 것 같은데요."

톰 2세가 말했다.

"북극의 바람에 대해 내가 옛날 로이스 선장에게 배운 게 있어."

선장이 말했다. 그는 북극의 바람이 얼마나 변덕스러운지 알고 있었다. 북쪽으로 부는가 싶다가도 어느새 남서쪽으로 불고, 바다로 부는가 싶다가도 해안으로 불었다. 아무런 예고 없이 총빙을 배로 밀어 보내기 일쑤였다.

앞에는 거대한 총빙이 점점 다가오고, 뒤에는 무섭게 얼어붙은 해안이 버티고 있었다. 그야말로 진퇴양난이었다. 몇몇 배는 운 좋게 급선회에 성공해서 총빙과 해안 사이로 빠져나가 얼음 없는 바다를 향해 남서쪽으로 도망쳤다. 그렇지 못한 배들은 꼼짝없이 갇혀서 동풍이나 해류가 총빙을 바다 쪽으로 밀어내 주기만을 기다렸다.

"아버지, 얼음이 계속 접근해요!"

톰 2세가 놀라 소리쳤다.

보이드 선장은 조타기로 달려갔다. 선장이 키를 잡기 무섭게, 나무가 우지끈 부서져 나가는 소리가 들렸다. 선장은 배의 이물에서 고물까지 훑어봤다. 배는 이미 육중한 얼음에 갇혀 있었다.

"배 선미가 뚫렸다!"

선장이 부르짖었다.

보이드 선장은 일렬로 늘어선 서른아홉 척의 다른 포경선들로 시선을 던졌다. 지옥이 펼쳐지고 있었다. 배들이 해안과 총빙 사이에 끼어 으스러지고 있었다.

"배를 버려라!"

보이드 선장이 명령을 내렸다. 그리고 아들 톰 2세에게 말했다.

"가장 가까운 어정에 올라타. 선미 선실로 물이 들어오고 있어."

이 말과 함께 선장은 부랴부랴 자리를 떠났다.

톰 2세는 허겁지겁 선실로 갔다. 늑재들이 금세라도 꺾어질 듯 삐걱거렸다. 톰은 겨울 파카를 입고, 장갑을 덥석 집어 들고, 고래잡이 어정으로 달려갔다. 배가 가파르게 한쪽으로 기울고 있었다.

톰 2세는 어정 안으로 몸을 날렸다. 노잡이 선원들도 우르르 올라탔다.

"어정을 내려요!"

톰이 계류기를 조종하는 남자들에게 소리쳤다. 어정이 얼음 위로 내려갔다.

"어정을 밀어서 얼음 밖으로 끌어 내려!"

보이드 선장이 갑판에서 목이 터져라 외쳤다. 선원들이 어정에서 얼음 위로 튀어나가 뱃줄을 부여잡고 온 힘을 다해 어정을 끌었다. 그사이 트리덴트 호는 더 심하게 기울었다.

"배를 버려라!"

보이드 선장이 다시 한 번 외쳤다.

선원들이 어정 네 척을 마저 내려놓고, 뱃줄과 줄사다리를 타고 내려와 어정으로 뛰어내렸다. 마지막 선원까지 모두 배를 탈출하자 보이드 선장도 밧줄을 타고 마지막 어정으로 미끄러져 내려갔다.

트리덴트 호는 가로들보를 얼음에 처박으며 옆으로 완전히 넘어 졌고, 이어서 무시무시한 얼음 아가리에 물려 산산이 부서졌다. 톰 2세는 무너지는 배를 망연자실 응시했다. 선원들이 배를 버린 지 얼마 안 돼 트리덴트 호는 얼음에 완전히 먹혔다. 돛대도 꺾어지고, 가로 들보도 박살났다. 고래기름이 얼음 위로, 화물창으로, 바닷물로 쏟아졌다. 선원들은 어정들을 해빙 밖으로 끌어내리려고 안간힘을 썼다.

"물로 내려!"

선장이 목이 찢어져라 외쳤다.

갑자기 집채만 한 얼음덩어리가 물살을 가르며 톰이 탄 어정 쪽으로 접근했다. 톰 2세는 앉은자리를 손가락 마디가 하얘질 정도로 움켜잡았다. 선원들이 사력을 다해 어정을 끌었다. 그리고 마침내, 덮쳐 오는 얼음덩어리를 피해 어정을 얼지 않은 바닷물에 밀어 넣는 데 성공했다. 선원들은 도로 어정에 뛰어들어서 총빙으로부터 멀리 노를 저었다.

다른 난파선들의 선원들도 필사적으로 어정을 끌었다. 운 좋게 얼음을 피해 바깥 바다로 빠져나온 포경선은 일곱 척뿐이었다. 그 일곱 척 중 하나는 다니엘 웹스터 호였다. 트리덴트 호의 선원들은 어정을 다니엘 웹스터 호 옆으로 바싹 붙였고, 다니엘 웹스터 호는 이들을 기꺼이 구조했다. 고래잡이 원양 어선들은 조난 시 서로 구하는 것이 관례였다. 그게 아니라도 뱃사람끼리 돕는 것은 바다의 제1원칙이었다. 다니엘 웹스터 호의 갑판이 선원들로 빽빽이 들어찼다. 그들은 그렇게 서서, 트리덴트 호와 다른 배들이 지저깨비처럼 풍비박산 나는 광경을 지켜보았다.

서른두 척의 배가 배로우 서쪽 벨처 곶 근해의 해빙 속에 난파됐다. 재난의 규모나 성격으로 볼 때 단 한 명의 인명 피해도 없었다는 것이 놀라울 따름이었다. 그런 일도 드물었다. 에스키모 사회는 이 사건을, 생존을 위해서가 아니라 부(富)에 눈이 멀어서 고래를 죽이는 인간들에 대한 바다의 복수로 여겼다. 이 사건은 양키 포경업자들 사이에 '1871년의 재앙'으로 불렸다.

다니엘 웹스터 호에 오른 보이드 선장은 배의 선장을 찾아가 말했다.

"이걸로 포경업은 한계에 이른 것 같습니다. 이제 고래는 너무 적고, 난파당하는 배들은 너무 많아요."

"맞아요, 포경업은 끝났어요. 펜실베이니아에서 석유가 나왔어요. 석유는 끝도 없이 나오니, 값싼 석유가 고래기름을 대체하는 것은 시간문제입니다."

선장이 대답했다.

톰 보이드 선장은 톰 2세와 나란히 서서, 바람이 몰아치는 회색빛 북극해를 둘러보았다. 멀리 고래 한 마리가 분기했다. 고래의 턱에 춤추는 에스키모 모양의 반점이 보였다. 무릎을 굽히고 손을 치켜든 에스키모.

지옥 같은 경험에도 불구하고 톰 2세는 미소를 지었다.

'저 고래는 이제 안전해.'

다니엘 웹스터 호는 남으로 뱃머리를 돌려 거세게 폭풍 치는 베링 해로 나아갔다. 험난한 6주간의 항해 끝에, 보이드 선장과 그의 선원들은 무사히 하와이 항에 도착했다. 하지만 트리덴트 호는 흔적도 없이 사라졌다.

9

바닷속에서

– 1871년 –

〰〰〰〰 는 상처 입은 꼬리로 물을 찼다. 그는 고래 무리에서 뒤처져 혼자 유영했다. 그의 무리는 남서쪽으로 방향을 잡고 러시아 해안으로 향했다. 가을이었다.

눈처럼 하얀 벨루가고래 무리가 그를 따라잡더니 계속 따라왔다. 벨루가고래는 몸체가 통통하고, 길이는 알락돌고래의 두 배쯤 됐다. 시쿠가 앞서 가며 물살을 넓게 헤쳐 놓아서 벨루가고래들이 수영하기에 편했다. 거기다 그는 다정한 고래, 활머리고래였다. 그는 벨루가고래들에게 좋은 동반자였다. 그들 주위로 거대한 사자갈기해파리들이 유령처럼 너울너울 떠다녔다. 시쿠 아래로 해초들이 숲을 이루며 나타나기 시작했다. 남쪽으로 왔음을 알려 주는 지표였다. 벨루가고래 무리는 배로우를 지나며 시쿠와 헤어졌다.

러시아 해안이 가까워졌다. ∿∿∿∿∿ 의 귀에 날카로운 울음소리, 구슬픈 휘파람 소리가 들렸다. 멀리 앞서가는 다른 활머리고래들의 '노랫소리'였다. 그 소리가 외롭게 뒤처진 시쿠에게 위로가 됐다.

갓 부화한 연어 떼가 분홍색 구름을 이루며 그의 앞으로 쏜살같이 지나갔다. 태평양 연어 중 가장 작고, 가장 북쪽에 사는 연어였다. 새끼 연어들은 깊은 바다를 향해 성어가 되기 위한 여정에 나섰다. 앞으로 2년 후 이 연어들은 자신들이 부화했던 강으로 돌아가서, 거기서 알을 낳고 죽는다. 알들이 부화하고, 치어들이 강을 따라 내려가 바다로 나간다. 삶과 죽음의 주기는 이렇게 끝없이 되풀이된다.

∿∿∿∿∿ 가 러시아 연안을 따라 남하하며 어떤 마을 앞바다를 지날 때였다. 바닷물 맛이 이상했다. 죽은 고래들이 둥둥 떠다녔다. 소름 끼치는 광경이었다. 양키들은 이제 활머리고래들을 죽여서 값나가는 고래수염만 잘라 가고 사체는 버리고 갔다. 땅에서 나오는 검은 원유가 고래기름을 대체했기 때문에 고래 지방은 더 이상 필요 없었다. 이제 양키들은 오로지 고래수염만을 위해서 고래들을 살육했다.

시쿠는 껑충거리며 사방을 살폈다. 아무 데도 인적은 없었다. 개한 마리, 연기 한 가닥 보이지 않았다. 마을의 집들은 무너져 있고, 고기를 너는 건조대는 텅텅 비어 있었다.

바다코끼리와 고래가 몰살되다시피 했으니 당연한 일이었다. 양

키에게서 묻어 온 홍역, 인플루엔자, 성홍열, 천연두 같은 병들도 재앙
에 한몫했다. 굶주림에 내몰리다 몰락한 마을이 한두 곳이 아니었다.

파도가 조용히 밀려와 해안을 쳤다. 철썩이는 물소리 너머로 포경
선 한 척이 접근하는 소리가 들렸다. ∿∿〰∿∿ 는 잠수했다.
배가 바싹 다가왔고, 선원들이 떠드는 소리까지 들렸다. 고래들이
일제히 귀 기울였다. ∿∿〰∿∿ 는 배 소리가 완전히 사라진
다음에야 물 위로 올라왔다. 그는 여행을 재개했고, 베링 해협을 통
과했다.

10

땅 위에서

- 1871년 -

투자크는 카세갈루크 석호 근처 해안에서 카리부 사냥 중이었다. 그가 사는 마을에서 7일이나 떨어진 곳이었다. 갑자기 멀리서 목재가 짜개지는 날카로운 소리가 들렸다. 투자크는 그 소리가 무슨 소리인지 알고 있었다. 얼음이 백인들의 고래잡이 목선을 부수는 소리였다. 그는 얼음을 타고 올라가 눈을 가늘게 뜨고 바다를 살폈다. 얼음 위에 선원들이 흩어져 있었다. 선원들은 고래잡이 어정들을 바닷물로 끌어내리려고 아우성이었다. 그들의 모선들은 총빙과 해안 정착빙 사이에 끼어서 산산조각 나고 있었다. 투자크는 회심의 미소를 지었다. 선원들은 배를 탈출하기에 급급해서 배의 비품이나 시설물을 챙길 겨를이 없었다. 나중에 난파선들에서 건져 올 멋지고 요긴한 물품들을 생각하니 흐뭇했다.

투자크가 마을로 돌아왔을 때, 그의 장인은 집에 단열 공사를 하고 있었다. 장인은 외벽 따라 눈을 쌓아서 바람이 새는 곳을 단단히 막았다. 투자크가 썰매에서 내려 말했다.

"장인어른, 백인들이 얼음에 난파돼서 배를 버리고 있어요. 겨우 목숨만 챙겨서 떠나고 있어요. 우리, 비품을 가지러 가요."

"무얼 두고 갔는지 가 보지 않을 수 없지. 우리 집 큰 썰매들을 가져와."

카킨악이 말했다. 그리고 씩 웃으며 덧붙였다.

"어디 한번 가 볼까."

투자크는 썰매 두 대에 개 여섯 마리를 나누어 맸다. 카킨악이 한 대에 오르고 투자크가 나머지 한 대에 올랐다. 둘은 새로 내린 눈 위로 썰매를 타고 꼬박 일주일을 달려 배들이 좌초한 곳으로 갔다. 배들은 얼음 때문에 가라앉지 않고 솟아 있었다.

투자크와 카킨악은 배 하나를 골라잡고 기울어진 갑판으로 조심조심 올라갔다. 사방에 망가진 삭구가 널리고, 기름이 엎질러져 있었다. 정제소가 무너져 벽돌로 뒹굴었다.

"물건을 집어서 넘겨. 내가 받아서 썰매에 실을 테니. 내륙 지방 에스키모도 물건을 건지러 몰려오고 있어. 서둘러야 해."

카킨악이 말했다.

투자크는 솥과 냄비, 칼, 낚싯줄 등등을 카킨악에게 건넸다. 덩치 큰 윈들러스도 잊지 않고 챙겼다. 두 사람은 썰매 두 대에 최대한 실은 다음, 짐을 밧줄로 꽁꽁 동여매고 날쌔게 떠났다. 투자크가 승리의 웃음을 터뜨리며 앞서 달렸다. 그는 뒤따라오는 장인을 돌아보았다. 갑자기 그의 웃음이 멈췄다. 카킨악의 썰매에 낚싯줄 다발 아래로 위스키 상자가 보였다. 투자크는 썰매개들을 멈춰 세웠다. 그는 장인의 썰매로 걸어가서, 술 상자를 들어내 썰매 밖에다 내동댕이쳤다.

"자네 뭐 하는 거야?"

카킨악이 소리쳤다. 그는 썰매에서 뛰어내려 위스키 상자를 도로 집어 들었다.

"이게 독이란 걸 몰라요? 술꾼이 되면 사냥은 물 건너간 거예요!"

자신의 행동을 깨닫자 투자크의 눈에 눈물이 맺혔다. 어쨌거나 그는 웃어른에게 버릇없는 행동을 했다. 벌 받을 짓이었다.

"자네 말이 옳아."

카킨악이 무뚝뚝하게 말했다. 그는 다시 자신의 썰매에 올라탔다. 술 상자는 눈 속에 그대로 버리고 갔다.

"키타, 키이타."

개들이 다시 달리기 시작했다.

투자크는 혼란스러웠다. 내 어린 시절 저주가 결국 이렇게 내 발목을 잡는 걸까. 세상이 변하고 있었다. 고래 수는 계속해서 줄어만 가고, 바다코끼리도 사라지고 있었다. 양키들은 에스키모에게 위스키를 주고 대신 모피와 고래의 소재에 대한 정보를 얻어 갔다. 그리고 고래들을 사냥했다. 죽여서 고래수염만 뜯어 가고 나머지 사체는 바다에서 썩도록 버리고 갔다. 하지만 술에 찌든 에스키모 사냥꾼들은 그러거나 말거나 관심 없었다. 투자크의 눈에 알코올은 악마의 선물이었다. 이 땅과 이 땅의 생명들을 나 몰라라 하는 것은 용서받지 못할 일이었다. 바다에 고래의 씨가 마르고 그것을 막으려는 사람조차 사라질 날이 멀지 않았다.

'나는 그러지 않을 거야. 고래를 걱정하는 사람이 나 혼자 남더라도.'

시쿠를 위험으로부터 보호하는 것. 그것이 그의 미션이자 운명이었다.

11

땅 위에서

- 1918년 -

세월이 흘렀다. 세대가 두 번 바뀌었다. 그동안 북극해의 활머리 고래 수는 엄청나게 줄어서 이제는 고래를 보기가 어려워졌다. 1885년에 에스키모 고래 사냥꾼에 의해 마지막으로 목격된 이후, 시쿠의 모습을 본 사람이 없었다. 그동안 투자크의 손자 투자크 3세와 그의 아들 투자크 4세가 가끔씩 배를 타고 바다로 나가 시쿠를 찾아보았다. 그리고 매번 보람 없이 돌아왔다.

투자크 4세는 아누피아트 에스키모가 모여 사는 웨인라이트 마을에 터를 잡고 가정을 꾸렸다. 웨인라이트는 에스키모 고래 사냥의 중심지이기도 했다. 다른 많은 에스키모처럼, 투자크 집안 남자들도 더는 샤먼이나 주술을 믿지 않았다. 하지만 그들은 대대로 아들에게 선대의 저주와 시쿠를 지킬 의무를 전했다. 그 약속은 말로 물려

주는 가문의 역사책이었다. 그들에게는 문자 언어가 없었다. 투자크 4세가 웨인라이트 마을에 정착한 이유는 두 가지였다. 하나는 일거리를 찾기 위해서였고, 다른 하나는 시쿠가 아직 살아 있다고 믿기에 시쿠를 보호하기 위해서였다.

투자크 4세의 아내 릴락이 찰리 투자크 5세를 낳을 무렵, 활머리고래의 수염에 대한 시장 수요는 이미 사라진 후였다. 그에 따라 양키 포경업도 뚝 끊겼다. 양키들은 더는 고래를 잡으러 북극 바다로 오지 않았다. 남은 것은 모피 거래뿐이었다. 모피 장사꾼들은 에스키모 여인들과 결혼해서 북극 지방에 정착했다. 그들은 모피 교역소를 운영하고, 물고기를 잡고, 사냥을 하면서 가족을 이루고 살았다.

그렇게 세월이 흐르자 웨인라이트 마을 앞바다를 지나가는 고래의 수가 점점 늘었다. 연이은 고래 목격담에 마을은 들떴다. 고래 한 마리면 마을의 1년 치 먹을거리 해결에 큰 도움이 됐다. 마을은 고래 사냥 팀을 꾸리고, 해안에서 15마일 떨어진 해빙 위에 고래 사냥 캠프를 세웠다. 캠프는 흰색 캔버스 텐트 두 채로 구성됐다. 하나는 취침용이었고, 다른 하나는 취사용이었다. 버드나무 늑재에 바다표범 가죽을 씌운 고래잡이배도 있었다. 사람들은 여차하면 바다에 밀어넣을 수 있도록 배를 해빙 가장자리로 가져다가 선미를 얼음덩어리로 받쳐 놓았다. 그리고 바다를 지켜보며 기다렸다.

소식을 들은 투자크 3세가 고래 사냥 팀을 도우려고 아들과 함께 캠프가 있는 해빙으로 왔다. 투자크 부자는 솥과 냄비를 씻고, 음식을 만들었다. 두 사람도 고래가 오는지 바다를 주시했다. 하지만 두 사람이 찾는 고래는 따로 있었다. 특별한 한 마리. 이야기로만 들었던 고래. 턱에 춤추는 에스키모 모양의 반점이 있는 고래.

봄이 가고 여름이 왔다. 어느 날 아침, 투자크 4세는 바다에서 연기를 펑펑 뿜으며 가는 배를 보았다. 배는 돛이 없는데도 꾸준히 앞으로 움직이면서 바닷물에 뭔가를 집어던지고 있었다. 이날 오후, 그는 캠프에서 좀 떨어진 해변에서 엄청나게 큰 어망을 발견했다.

투자크 4세가 아버지에게 말했다.

"고래가 저런 양키 그물에 걸려 죽는다고 하더라고요."

두 사람은 함께 해변으로 걸어 나갔다. 그물과 밧줄이 끝도 없이 걸려 있었다. 둘은 놀란 눈으로 쳐다봤다. 투자크 3세가 아들의 손을 잡고, 아들은 몸을 최대한 뻗어서 그물을 잡았다. 둘은 힘을 합쳐 그물을 해변으로 끌어올렸다.

그때였다. 물안개가 분무처럼 두 사람을 확 덮치더니 고래 한 마리가 도약했다. 고래의 아래턱에 춤추는 에스키모 반점이 있었다!

"시쿠다!"

아버지와 아들이 놀란 숨을 들이켰다. 고래가 두 사람을 쳐다보고, 두 사람도 고래를 쳐다봤다. 고래와 둘의 시선이 만나며 어떤 불꽃이 일었다. 거대한 고래는 몸을 옆으로 눕히며 우아하게 다시 바다로 들어갔다. 고래가 시야에서 사라지자 투자크 3세와 투자크 4세는 서로를 마주 보았다. 둘은 보고도 믿기지가 않았다.

"위대한 시쿠예요. 시쿠가 살아 있었어요. 물에서 그물을 건져 놓길 잘했어요. 저런 그물은 시쿠에게, 고래 전체에게 위험해요."

투자크 3세가 말했다.

그해 겨울, 웨인라이트 마을 에스키모 사이에 독감이 퍼졌다. 많은 사람이 죽었다. 그중에는 투자크 4세의 아내 릴락도 있었다.

투자크 4세는 공동묘지의 차갑게 언 땅에 아내의 관을 가져다 놓았다. 다른 수백 개의 관들도 함께 놓았다. 릴락을 비롯한 희생자들은 6월 해빙기가 올 때까지는 땅에 묻힐 수도 없었다.

"릴락이 없으면 여기서 사는 의미가 없어요. 앞일을 정했어요. 배로우에 산다는 나이 많은 고래잡이 선장을 찾아갈래요. 도량이 넓고 아는 게 많은 분이라니까, 고래와 옛 방식을 배울 수 있을 거예요. 사람들 말로는 그분 이름이 어니스트이고, 북극고래에 대해서는 그분보다 많이 아는 사람이 없대요. 저는 이제 인생을 시쿠와 함께할 거예요."

투자크 4세가 말했다.

아버지와 아들은 묘지에서 집으로 천천히 걸었다. 두 사람은 집에서 음식과 무기, 다량의 털가죽, 냄비와 솥을 챙겼다.

"나도 너와 함께 가련다. 시쿠를 지키는 데 힘을 합치자. 시쿠에게 전에 없던 위험들이 생겼어. 훌륭한 고래잡이 선장을 찾아가서 고래를 추적하는 방법, 고래들처럼 생각하는 방법을 배우자꾸나. 그러려면 선조들의 방식을 잘 아는 선장에게 가야지. 이곳에서의 우리 삶은 끝났다."

투자크 3세가 투자크 4세에게 말했다. 그러고는 손가락셈을 해 보고 말을 이었다.

"시쿠는 일흔 살이야. 이제 나이 많은 고래가 됐어. 계속해서 지켜 줘야지."

투자크 가족이 짐을 꾸리는 데는 오래 걸리지 않았다. 투자크 4세는 개들에게 하네스를 채워 썰매에 연결한 다음 썰매 뒤편에 아버지와 나란히 섰다. 그의 아들 찰리는 카리부 가죽에 둘러싸인 바구니 요람 안에 아늑히 누워 있었다.

투자크 4세가 소리 높여 외쳤다.

"키이타!"

개들이 마을 밖으로 힘차게 달려 나갔다. 찰리가 까르륵 웃었다.

사흘 후, 투자크 부자는 배로우에 접어들었다. 배로우는 그새 몰라보게 번창했다. 교역소와 타운 회관과 그래머스쿨(영어권 국가에서 운영되는 7년제 인문계 중등학교)과 레스토랑이 들어섰다. 널찍하게 뚫린 길거리에는 목조 주택이 무리 지어 늘어섰다. 집들 사이에 카리부 뿔이 흩어졌고, 집 앞마다 널판에 카리부 가죽이 걸렸다. 벽에는 바람이 쌓은 눈 더미가 아직 남아 있었고, 타운 회관 앞에는 오래된 고래 뼈가 서 있었다.

투자크 3세와 4세는 이곳이 마음에 들었다. 정을 붙이고 살 만해 보였다. 이날 오후 두 사람은 타운의 서쪽 끝으로 썰매를 달려 그곳에 짐을 풀었다.

며칠 후, 투자크 4세는 해변에서 발견한 고래 뼈를 지지대로 삼아 진흙집을 짓기 시작했다. 집을 지은 다음에는 가게에 일자리도 얻었다. 투자크 4세의 가족은 마을 여인들의 도움을 받아서 그곳 생활에 점점 자리를 잡아 갔다.

북극솜털오리 떼가 검정 실처럼 5마일이나 늘어서서 배로우 하늘을 날아갔다. 투자크 4세는 이제 이름 높은 에스키모 고래잡이 선장 어니스트와 접촉할 때가 왔다고 생각했다.

어느 날 투자크 4세는 해안 정착빙으로 나갔다가, 얼음 끄트머리에 우미악을 대 놓고 그 옆에서 바다를 내다보는 어니스트 선장과 마주쳤다. 선장은 마을을 등지고 서서 수평선에 걸린 구름을 바라보며 미소 지었다. 바다와 맞닿은 구름 아랫부분은 어두운 회색이었다.

"워터스카이일세."

투자크가 옆으로 다가오자 어니스트 선장이 말했다.

"바닷물은 구름 아랫면에 검은 그림자를 던지고, 눈과 얼음은 흰 그림자를 던지지. 따라서 구름 아랫면이 어두우면 거기 바다는 얼음이 풀렸다는 뜻이야. 그걸 우이닉, 즉 '물길'이라고 불러. 워터스카이가 나타나면 고래 사냥에 나설 때가 된 거야. 고래들이 바다를 이동하며 앞바다를 지나가는 때거든. 물론 이제는 지나갈 고래도 많지 않지만 말이야. 양키 고래잡이들이 고래를 거의 쓸어 버렸으니."

"제가 아는 고래가 있습니다."

투자크 4세가 말을 꺼냈다.

"저는 그 고래를 시쿠라고 부릅니다. 그 고래가 아직 살아 있어요. 이곳에서 멀리 떨어진 곳에서 봤어요. 고래들의 이동 경로를 가르쳐 주십시오. 그 고래를 다시 찾고 싶습니다."

어니스트는 몸을 돌려 투자크 4세를 말없이 바라보다가 입을 열었다.

"왜 그 고래를 찾아야겠다는 거지?"

"저희 집안에 조상 대대로 전하는 말이 있습니다. 투자크는 시쿠를 보호해야 한다… 제가 투자크 후손입니다. 저도 그 유지를 받들어야 합니다."

"어째서 그런 유지가 생겼나?"

"옛날에 투자크 1세가 양키 고래잡이에게 북극고래 서식지를 알려 주고 말았어요. 고래들에게 닥칠 일을 생각하지 못한 행동이었어요."

"아주 잘못된 행동이었군."

어니스트가 차분하게 대꾸했다.

"포경선이 거기 고래들을 모두 살육했어요. 그 일로 저희 집안에 암흑이 드리웠죠."

투자크 4세는 고개를 숙였다.

"저희 가족의 비극이 계속해서 다음 세대로 전달됐어요. 저도 부친에게 들었습니다."

어니스트는 그들 앞에 몇 마일이나 펼쳐진 흰색 해빙으로 시선을 던졌다.

"하지만 시쿠가 살아 있잖나. 그건 좋은 징조로 들리는데? 또 알아? 시쿠의 영이 양키들이 가져온 악습을 일부라도 끝내 줄지."

어니스트는 눈을 가늘게 뜨고 북쪽을 응시했다.

"양키가 세운 인디언 사무국이 우리 아이들에게 학교에서 우리 고유의 말 대신 영어만 쓰도록 강제하고 있어. 아이들은 학교 건물에 들어서는 순간부터 하루가 끝나고 하교 시간까지 영어만 써야 해. 학교에서 이누피아트 어를 썼다간 자로 얻어맞는다네. 이게 말이 되나."

"말도 안 되죠. 나중에는 제 아들의 일이 될 거라 생각하니 무서워요. 아들을 잃고 싶지 않아요."

투자크 4세가 말했다.

어니스트가 고개를 끄덕였다.

"아들이 고등학교 갈 때가 되면 멀리 타지로 보내야 할 걸세. 이곳 배로우에는 고등학교가 없어. 미리 알아두라고 하는 말이야. 대비라도 할 수 있을 테니까. 하지만 시쿠 얘기는 아주 희소식이군그래. 시쿠는 분명 좋은 영일 거야. 내가 자네에게 고래가 보퍼트 해로 이동하면서 지나는 길을 알려 주겠네."

다음 날, 어니스트는 투자크 4세와 함께 자신의 우미악을 썰매에 신고 해안 정착빙을 가로질러 개빙 구역으로 갔다. 두 사람은 우미악을 바닷물 위에 띄웠다. 어니스트의 우미악은 나무 뼈대 위에 바다표범 가죽을 씌워서 정교하게 만든 배였다. 가죽 덮개는 어니스트의 부인이 마을 여인들과 힘을 합해 바다표범 가죽을 전통 방식으로 일일이 꿰매서 만들었다. 이렇게 만들면 물이 전혀 새지 않았다. 물에 뜬 배는 하나의 예술 작품 같은 아름다움을 뿜냈다.

어니스트와 투자크 4세는 우미악에 올랐다. 두 사람은 말없이 노만 저었다. 물이 보석처럼 빛났다. 공기 중에도 눈 알갱이들이 다이아몬드처럼 반짝였다.

바다로 1마일가량 나갔을 때, 어니스트가 투자크 4세의 어깨를 툭툭 치며 수면에 이는 물회오리를 가리켰다.

"칼라, 고래 발자국이야. 방금 한 마리가 이리 지나갔네."

어니스트가 기쁜 소리로 말했다.

투자크 4세도 물회오리를 응시했다.

두 사람은 계속해서 잔잔한 바다로 노 저어 나갔다. 하지만 고래의 모습은 볼 수 없었다.

12

땅 위에서

– 1946년 –

"형제님은 이제 기독교인입니다."

목사가 찰리 투자크 5세에게 말했다. 목사는 찰리에게 성수를 뿌리고 기도문을 읊었다. 찰리는 이제 20대 후반의 젊은이였다.

"이제 형제님의 영어 이름을 사용하겠습니다. 형제님을 찰리라고 부르겠습니다."

목사는 찰리와 악수를 나눴다. 찰리 투자크는 에스키모 이름과 영어 이름, 두 가지 이름을 함께 가진 집안 최초의 에스키모였다.

"신도가 된 것을 환영합니다."

찰리는 자신이 기독교에 입문함으로서, 아버지와 할아버지에게 들었던 샤먼의 저주가 사라질 것으로 생각했다. 하지만 교회 밖을 나서면 아직도 머릿속에서 선조들의 목소리가 들렸다.

'시쿠를 보호하라. 시쿠가 죽을 때까지.'

목소리들은 이 말만 되풀이했다. 그런데 어느 날, 처음으로 이런 소리가 머리에 울렸다. 아니, 울린 것 같았다.

'또는 시쿠가 투자크를 구할 때까지.'

찰리가 생각했다.

'말도 안 돼. 고래가 어떻게 사람을 구해? 다 옛날 샤먼들의 술책이지.'

그는 후드를 뒤로 내리고 손가락으로 머리를 빗었다. 아무리 털어 버리려 해도, 저주는 내리는 눈처럼 여전히 그를 덮고 있었다. 그런데다 이제는 생각할 것이 또 하나 생겼다. 그는 더 이상 샤먼 따위를 믿지 않았다. 그런데도 그 생각을 떨칠 수 없었다.

"에스키모 전설의 힘은 정말 강력해."

찰리가 한탄했다.

지금은 새로운 시대였다. 하지만 과거의 저주가 그에게 들러붙어 있었다.

며칠 후, 미 해군 화물 수송기들이 배로우 활주로에 착륙했다. 바지선이 해안으로 짐을 싣고 왔다. 찰리 투자크도 이 광경을 보러 나갔다. 선원들이 건축자재, 차량, 기계 설비를 해안에 부리고 있었다. 찰리의 옆에 있던 한 장교가 미 해군 북극 연구소 건립을 위해 공수되는 자재들이라고 설명했다. 식당, 사무실, 실험실, 장교용 숙소를 갖춘 연구소가 세워질 예정이었다. 생물학자, 수로학자, 기상학자,

해양학자, 인류학자들이 상주해서 연구할 제반 시설이 갖춰질 거라고 했다.

찰리는 거대한 화물 트럭들로 옮겨지는 놀랍고 신기한 자재들을 넋 놓고 구경했다. 옆의 장교가 미합중국이 얼마 전에 큰 전쟁을 끝냈다고 말했다. 그러면서 이제 북극 지방의 사람들, 식물과 동물, 해양 생물, 해류로 과학계의 관심이 쏠리고 있다고 했다.

"연구소에서 현지인을 고용하고 있어요. 댁도 한번 알아봐요."

장교가 말했다.

다음 날, 찰리 투자크는 취업 신청을 냈고, 얼마 후 늑대 연구 프로그램 지원 인력으로 고용됐다. 사로잡은 늑대 열두 마리를 관찰해서 물 없이 북극의 겨울을 견디는 방법을 연구하는 프로그램이었다. 찰리는 울음소리와 몸짓으로 연구 대상 늑대들과 소통했고, 늑대들이 병이 나면 간호했다. 그는 자신의 일을 사랑했고, 그만큼 잘 해냈다.

연구소에서 찰리는 영어를 썼고, 에스키모 말을 할 일은 거의 없었다. 어느 날 그의 아버지가 무언가를 물었을 때 그는 영어로 대답했다.

그날 투자크 4세는 이렇게 혼잣말했다.

'이제는 내 아들과도 말이 통하지 않는구나. 아들에게 비행기들이 어디에서 오는지, 트럭이 어떻게 썰매개 없이 움직이는지 물어보고 싶어도 물어볼 수가 없어. 결국 나도 아들을 잃어버린 걸까?'

13

땅 위에서

— 1948년 —

1948년 여름, 화물선 한 척이 베링 해협을 통과해 북쪽 북극해로 항해했다. 증기선은 하늘에 검은 연기를 토해 내며, 프로펠러로 물을 찢으며 쉬지 않고 달려 불과 사흘 만에 배로우에 도착했다. 옛날 같았으면 몇 주가 걸리는 길이었다.

"화물창 궤짝들을 끌어올려!"

선장이 명령했다. 증기 화물선의 선장은 톰 보이드 4세였다.

"여기가 알래스카 배로우다."

선장이 그의 열세 살짜리 아들 토머스 보이드 5세에게 말했다. 소년 토미는 해가 수평선 아래로 반쯤 잠겼다가 다시 뜨는 것을 지켜보았다. 여름이 끝나 가고 있었다. 슬슬 북극해에서 철수해야 할 때였다. 그때였다. 근처 바다에서 보기 드문 광경이 벌어졌다. 활머리고래가 나타났다. 고래가 숨을 뿜고, 물 위로 도약하고, 다시 잠수했다. 토미는 눈을 뗄 수 없었다.

"아빠, 방금 고래를 봤어요. 턱에 특이하게 생긴 흰색 반점이 있었어요."

토미가 보이드 선장에게 말했다.

"방금 뭐라고 했니, 토미?"

"고래요. 고래 턱에 춤추는 남자 모양의 반점이 있어요."

"정말이야?"

보이드 선장이 바다를 응시하며 되물었다.

바로 그때, 방금 전 그 고래가 수면 위로 엿보기 도약을 하며 배에게 알은척을 했다. 보이드 선장이 숨을 혁 들이마셨다. 그는 고래가 수면에 발자국을 남기고 다시 바닷속으로 사라질 때까지, 미동도 없이 바라보았다.

"오래전에 우리 선조가 턱에 저런 반점이 있는 고래를 봤다는 말이 전해 온단다. 설마 저 고래가 그때 그 고래와 같은 고래일까? 만약 그렇다면 지금쯤 백 살은 됐을 텐데! 이 바다에 활머리고래가 남아 있는 것 자체도 놀랄 노릇인데 말이야."

토미의 눈이 휘둥그레졌다. 그의 아버지가 말을 이었다.

"한때는 이곳에서 포경업이 성행했단다. 아주 중요한 산업이었지. 너도 알지? 우리 선조들 모두, 아빠의 할아버지도 할아버지의 아버지도, 그러니까 아주 옛날부터 대대로 바다에서 일했어. 그중에 일부는 포경업에 종사했지. 고래잡이 뱃사람들이 수천 명씩 모여들었고, 앞다퉈 고래 포획에 나섰어. 하지만 상업 포경은 이 바다 저 바다에서 고래를 깡그리 고갈시켰고, 지금은 남아 있는 고래가 손에 꼽을 정도야. 고래잡이는 이제 이곳에서 완전히 맥이 끊겼어."

"하지만 에스키모도 고래를 잡잖아요."

토미가 항변했다.

"그래, 하지만 에스키모는 수천 년 동안 생존에 필요한 만큼만 잡았어. 에스키모에게 고래는 식량과 생필품이야."

보이드 선장은 아들의 등을 토닥였다.

"어쩌면 고래들이 돌아오고 있는 건지도 모르겠구나."

그는 다시 한 번 멀리 바다를 응시했다가, 난간으로 걸어가서 화물이 문제없이 운반되고 있는지 살폈다.

14

바닷속에서

- 1948년 -

배로우 마을 근처에서 기계가 쿵쿵대는 진동음이 ∿∿∿∿∿∿ 의 바다 공간을 흔들었다. 그는 수면으로 올라가 엿보기 도약을 했다. 남자들 무리가 다이너마이트로 얼음을 깨고 있었다. 남자들은 기름을 찾고 있었다. 다만 이제는 고래기름이 아니라 석유였다. 엔진의 굉음이 시쿠의 귀와 몸을 괴롭혔다. 그는 숨을 들이마신 다음, 차갑고 맑은 물속으로 깊이 잠수해서 최대한 빠르게 폭발음으로부터 달아났다. 그는 연안류를 만나자 속도를 늦췄다. 배로우 곶에서 해류가 갈라졌다. 한 줄기는 육중한 얼음 사이로 강처럼 강하게 북쪽으로 흘렀고, 다른 줄기는 캐나다 해안을 타고 동쪽으로 흘렀다.

시쿠는 태어난 이래 해마다 이 연안류를 탔다. 하지만 이번은 아니었다. 이번에는 폭발음 때문에 어쩔 수 없이 더 어려운 경로를 택해서, 부서진 얼음을 헤치고 북쪽으로 더 멀리 돌아 여름 서식지로 갈 수밖에 없었다. 그가 지나가자 부빙 덩어리들이 출렁였다. 그는 얼음의 춤을 즐기며 유영했다. 그리고 마침내 수컷 활머리고래 무리를 따라잡았다.

지금의 활머리고래 수는 50년 전에 비하면 많이 늘었다. 50년 전부터 양키 고래잡이들이 오지 않았고, 덕분에 지금은 북극고래의 수가 다시 증가하고 있었다. 구석진 만과 외딴 바다에 숨어 있던 고래들이 모습을 드러냈다. 〰〰〰〰 도 그중에 하나였다.

〰〰〰〰 는 수컷 활머리고래들의 소리와 그들보다 앞서가는 암컷들의 휘파람과 포효에 귀 기울이며 조용조용 헤엄쳤다. 암컷들이 서로서로, 그리고 새끼들과 소통하고 있었다. 시쿠는 계속해서 북향 해류를 타고 얼음덩어리들을 가르며 헤엄쳤다. 이제 포경선 소리는 들리지 않았다.

그때, 우미악 특유의 노 젓기 소리가 들렸다. 〰〰〰〰 는 우미악의 위치를 확인하고 방향을 틀었다.

우미악의 작살잡이가 돌아서는 〰〰〰〰 를 발견하고 작살을 날렸다. 시쿠는 공중으로 10미터나 뛰어올랐다가 물보라를 일으키며 낙하했다. 바다가 흔들렸다. 엄청난 물결이 우미악을 덮쳤다. 시쿠는 이 어부들에게 자신을 바칠 마음이 없었다. 이들은 그가 모르는 자들이었다.

시쿠는 이제 백 살이었고, 무게는 65톤이나 나갔다. 거대한 꼬리를 한 번만 휘둘러도 고래잡이배 한 척쯤 거뜬히 엎어 버릴 수 있었다. 그는 다시 수면으로 올라와 힘차게 물 위로 날아올랐다. 바닷물이 비처럼 쏟아졌다. 거대한 물보라가 햇살과 만나 주황색, 초록색, 노란색으로 번쩍이는 폭포를 만들었다. 아름다운 순간이었다. 그리고 다음 순간, 바다가 다시 한 번 크게 일렁이며 배를 높이 들었다가 부빙으로 밀어 보냈다.

고래가 죽은 줄 알고 다른 우미악들이 힘을 보태러 왔다. 하지만 그는 죽지 않았다. 그는 무시무시한 꼬리로 물을 치며 잠수했다.

∿〰∿ 는 우미악들 아래로 헤엄쳤다. 고래잡이들은 거대한 고래가 해빙 아래로 사라지는 모습을 경이에 차서 바라보았다. 그들도 그가 특별한 고래임을 알아보았다.

해저 생물군이 바다 바닥에서 살아 있는 융단처럼 흔들리며 초록색과 붉은색과 밤색으로 빛났다. 그는 유영 속도를 늦추고 고래잡이들의 노가 물을 차는 소리가 들릴 때까지 느긋하게 쉬다가, 노 젓는 소리가 들리자 수직 낙하하듯 배로우 해저 협곡으로 내려갔다.

그는 깊고 깊은 바닷속 어두운 골짜기에 거의 45분이나 머물렀다. 그가 호흡하러 올라왔을 때, 고래잡이들은 떠나고 없었다. ∿〰∿ 의 물보라를 뒤집어쓴 고래잡이들은 덜덜 떨면서 캠프가 있는 해빙으로 노를 저었다. 얼음장 같은 젖은 파카에서 얼른 벗어나야 했다.

∿〰∿ 는 수면에 머물렀다. 북극대구 무리가 그의 주위

를 빙빙 돌면서 수면에 대회전 관람차를 그렸다. 대구 떼도 시쿠가 먹는 작은 먹잇감을 찾고 있었다.

빙글빙글 도는 대구 무리 덕분인지 〜〜〜〜〜〜 는 담이 커졌다. 그는 엿보기 도약을 하면서 자신의 위치를 살폈다. 보이는 것이라고는 바다오리밖에 없었다. 검은 깃털 몸통과 번쩍 치켜든 머리들. 고래잡이들은 보이지 않았다.

〜〜〜〜〜〜 는 수면에 떠서 깊이 호흡했다. 그는 물 위로 부리를 살짝 내놓았다. 그러다 어떤 낯선 느낌을 감지했다. 따뜻한 해류. 꼬리지느러미의 폭이 될까 말까 한 좁은 흐름이 스카프처럼 그의 몸을 타고 흘렀다. 멀리 대서양에서 흘러온 해류였다. 앞으로 북극에 미칠 변화의 조짐일까?

시쿠는 곧장 보퍼트 해로 향했다. 익숙한 항로에서 벗어나긴 했지만, 지구 자기장이 그에게 방향을 알려 주었다. 그는 백 살이나 먹은 고래였지만, 그의 뇌에 깊게 주름진 고랑들은 여전히 태양과 해수와 기후에서 채집되는 데이터들을 활발히 처리해서 그의 몸에 전달했다. 그는 바다를 알았고, 바다의 모든 소리를 알았다.

〜〜〜〜〜〜 는 해안을 따라가다가 가느다란 난류를 다시 느꼈다. 그는 난류를 따라 헤엄쳤다. 얼마 후 난류가 사라지고, 그 자리에 바람에 하얗게 부서지는 물결만 남았다. 〜〜〜〜〜〜 는 천천히, 하지만 꾸준히 여름 먹이터를 향해 북동쪽으로 헤엄쳤다.

15

땅 위에서

- 1959년 -

1959년 1월 3일에 경사가 생겼다. 알래스카가 미합중국의 49번째 주로 편입된 것이다. 배로우 주민들은 축제를 열었다.

찰리 투자크는 한 팔 물구나무서기와 발 들어 높이차기에 도전했다. 옛날에 그의 아버지가 위대한 고래 사냥꾼 어니스트를 찾아왔던 시절, 어니스트가 찰리에게 가르쳐 준 기술이었다. 두 가지 다 에스키모 올림픽 정식 종목이었고, 찰리는 두 가지 모두에 능했다. 어니스트도 찰리를 응원했다.

겨루기가 끝나자 사람들의 환호가 터졌다.

"아리가!"

찰리의 아내 마리아를 비롯한 마을 여인들은 즐겁게 노래 부르며 모두를 위해 귀한 고래 고기 요리를 했다.

그해 여름, 찰리의 아들 로버트 투자크(투자크 6세)는 친구 베니 (어니스트의 손자)와 함께 카약을 타고 바다로 나갔다. 둘은 해안에서 멀지 않은 곳에서 뜻밖의 것을 보았다. 어장 탐색을 위해 베링 해에서 올라온 게잡이 조업선이었다.

"게잡이 통발을 설치하고 있어. 가서 보자."

베니가 말했다.

조업선 어부들은 커다란 통발들을 바다에 던져 넣으며 두 사람에게 접근하지 말라는 경고를 보냈다. 새 조업지를 탐색하는 마당에 현지인들의 접근이 반가울 리 없었다. 어부들은 통발들이 가라앉자 거기 연결된 로프를 60미터 넘게 풀었다. 부표들이 수면에서 간닥대며 통발이 들어간 자리를 표시했다.

"에이이. 나중에 아무도 없을 때 다시 와서 저 줄들을 잘라 버려야지."

로버트가 혼자 중얼댔다.

로버트의 부친만 해도 집안에 전해 오는 전설을 믿지 않았다. 하지만 아들에게 특별한 고래 시쿠를 지키고, 나아가 고래 종족 전체를 지키라는 가문의 의무는 물려주었다. 로버트는 게잡이 통발의 로프들이 고래에게 위험할 수 있다는 것을 알고 있었다. 그는 모처럼 고래를 보호할 기회를 놓치지 않았다. 고래 보호는 그의 가문 대대의 미션이었다. 거기다 이번 일은 고래도 보호하고, 외지 어부들도 골탕 먹이는 일석이조의 효과가 있었다.

로버트는 이날 밤을 틈타 통발 줄을 잘라 버리기로 했다. 이후로도 그는 계속해서 시쿠의 안전에 신경 썼다. 하지만 위대한 고래를 목격한 적은 한 번도 없었다.

로버트 투자크는 1964년에 플로시라는 여인과 결혼했다. 그리고 1년 뒤 그의 첫아이 에밀리 투자크가 태어났다.

16

땅 위에서

- 1980년 -

1980년 5월 하순의 어느 날이었다. 열다섯 살 소녀 에밀리 투자크와 그녀의 남동생 올리버 투자크 7세는 집 뒤 절벽에 앉아 있었다. 지평선 위에 아래만 검은 흰 구름이 얹혀 있었다.

"워터스카이야. 얼음이 갈라져서 바다가 열린 거야. 물길이 생겼다는 뜻이지. 이제 고래들이 이 항로를 따라 보퍼트 해로 북상할 거야."

에밀리 투자크가 말했다.

에밀리는 후드를 앞으로 바싹 조여서 얼굴에 들이치는 바람을 막았다. 후드가 난로처럼 에밀리의 따뜻한 입김을 모았다. 에밀리는 할아버지의 스승 어니스트에게 이야기 듣는 것을 좋아했다. 이제는 많이 연로한 어니스트는 한때 존경받는 고래 사냥꾼이었고, 고래에 있어서는 배로우의 그 누구보다 박식했다. 어니스트는 배로우에 마지막 남은 진흙집에서 살았다. 그는 자신이 가진 자연에 대한 지식을 이용해서 고래의 행적을 쫓았고, 에밀리의 증조할아버지가 고래를 보호하는 데 도움을 주었다.

"에이이, 워터스카이야. 물길이 열렸어. 고래들이 지나가고 있어. 위험한 줄은 알지만 해안 정착빙 위로 최대한 멀리까지 걸어 나가서 워터스카이 아래에 서 있어 볼래. 고래들이 지나가는 걸 보고 싶어."

에밀리가 탄성을 질렀다.

에밀리는 고래를 보고 싶어서 이미 여러 번 혼자 정착빙 끝까지 갔다는 말은 하지 않았다. 동생 올리버와 달리 에밀리는 옛날 방식, 에스키모 조상들의 방식을 믿었다. 그리고 자신도 고래들과 그들의 영을 지키는 데 최선을 다하기로 마음먹었다.

"좋아."

올리버가 웬일로 흔쾌히 말했다.

평상시 올리버는 누나의 모험에 동행할 때마다 툴툴댔다. 올리버는 옛 방식이나 전통 따위에 관심 없었다. 하지만 오늘은 기분이 좋아서 선심을 쓰기로 했다. 남매는 하얀 얼음 위에 청록색 그림자를 드리우며 얼음덩어리들을 계단 삼아 얼음마루로 올라갔다. 얼음마루는 해안 정착빙이 북쪽에서 내려오는 총빙과 충돌해서 산맥처럼 높이 밀려 올라간 단단한 얼음벽이었다. 둘은 조심조심 얼음마루 꼭대기까지 올라갔다. 거기서 둘은 대양을 굽어보았다.

남매의 발아래에 개빙 구역의 검푸른 바닷물이 일렁였다. 그때였다. 물이 갈라지면서 고래의 부리가 나타났다. 올리버가 헉 하고 숨을 뿜었다. 하얀 입김이 분수처럼 솟았다가 얼음 안개로 변해서 바닷물 위로 떨어졌다. 물이 잠시 잠잠하다 싶더니 다음 순간 거대한 활머리고래가 물을 차고 비상했다. 고래는 거의 남매의 눈높이까지 뛰어올랐다. 고래의 입 근처에 춤추는 에스키모 모양의 하얀 반점이 있었다.

두 남매는 입을 딱 벌렸다. 고래가 숨 막히게 가까이 있었다. 거대한 고래였다. 에밀리도 올리버도 선조에게 내렸다는 저주에 대해서는 들었다. 하지만 둘 다 저주 같은 것은 믿지 않았다. 그런데 갑자기 에밀리에게 옛날 투자크 1세가 고래에서 느꼈던 유대감이 전해졌다.

"시쿠, 위대한 고래 시쿠, 내가 언제까지나 지켜 줄게."

에밀리가 속삭였다.

올리버가 웃음을 터뜨렸다.

"말이 되는 소리를 해. 누나가 어떻게 저 고래를 보호해? 그러기엔 고래가 심하게 크지 않아? 꼬리지느러미 하나도 보호하지 못하겠다."

"요나(구약 성서에 나오는 이스라엘의 예언자)도 고래가 구해 줬어. 또 알아? 시쿠가 나를 구해 줄지."

에밀리가 말했다.

"누나를 어디서 구해?"

올리버가 비꼬았다.

에밀리는 고래를 다시 길게 응시했다. 그리고 올리버가 다른 질문을 하기 전에 얼른 말했다.

"더 가까이 가 보자."

둘은 얼음마루를 내려가 바닷가를 덮은 빙붕으로 나갔다. 에밀리는 청록색 빙붕 위에 섰다. 바람이 사방에서 비명을 지르며 휘몰아쳤다. 에밀리는 올리버의 팔을 두드리며 한곳을 가리켰다.

"올리버, 저기 좀 봐. 쇄빙선이야."

"그게 뭐? 어떤 활머리고래가 배 근처에 가겠어? 알아서 피하지. 걱정 말고 집에나 가자. 나, 추워."

올리버가 말했다.

"지켜봐야지! 우린 투자크 자손이야. 난 지켜볼래. 저 고래를 다시 보고 싶어. 시쿠가 위험할 수도 있잖아!"

"누나는 남아, 그럼. 나는 집에 갈래."

올리버는 내려온 길로 다시 올라가서, 얼음마루 너머로 사라졌다.

에밀리 투자크는 멀리 보이는 쇄빙선을 주시하며 시쿠에게 어떻게 쇄빙선의 위험을 알릴지 궁리했다. 에밀리는 얼음이 갈라져 남색으로 일렁이는 물길에서 시쿠를 찾았다.

시쿠가 갑자기 물 위로 뛰어올랐다. 에밀리로부터 불과 15미터 떨어진 지점이었다. 시쿠는 몸을 돌리고 에밀리 투자크와 눈을 맞췄다. 에밀리도 시쿠를 마주 보았다.

"가! 가! 시쿠, 얼른 가!"

에밀리가 외쳤다.

거대한 고래가 도로 텀벙 잠수했다. 물이 에밀리의 머리 높이까지 튀었다. 시쿠의 커다란 발자국이 북쪽으로 향했다.

그런데 고래의 발자국이 선회해서 다시 에밀리 쪽으로 왔다. 시쿠는 해빙 모서리까지 헤엄쳐 와서, 몸을 옆으로 눕히고 한쪽 눈을 물위로 내놓았다. 시쿠는 에밀리 투자크를 똑바로 응시했다. 그 순간 둘 사이에 어떤 유대가 번득였다.

"내가 지켜 줄게."

에밀리가 속삭였다. 그리고 자신의 뺨을 어루만졌다.

시쿠는 잠수하면서 꼬리를 흔들었다. 에밀리 투자크는 그 자리에 얼어붙은 듯 서 있었다. 고래는 만나서 반갑다고 말하듯 잠시 한자리에 머물렀다.

'나도 시쿠에게 특별한 존재인 게 분명해. 선조로부터 핏줄로 이어진 뭔가가 있는 거야. 그래서 시쿠가 나를 안다는 느낌이 온 거야.'

에밀리가 생각했다.

시쿠는 물속으로 사라졌다. 쇄빙선이 방향을 바꿔서 빠르게 동쪽으로 움직였다. 이제 워터스카이도 걷혔다. 빙하가 접근해서, 열렸던 바다를 다시 뒤덮었다.

에밀리 투자크는 시쿠의 희고 푸른 세계에 매혹된 채 한참을 꼼짝 않고 서 있었다. 그러다 결국 다시 얼음마루로 올라가서 평평한 꼭

대기에 좀 더 서 있다가, 반대편으로 내려가 잡화점으로 돌아갔다. 에밀리는 가게에 들어서자 파카를 벗고 테이블에 앉았다. 예상과 달리 올리버는 없었고, 어니스트의 손자인 베니만 있었다. 베니는 에밀리 아버지 로버트의 가장 친한 친구였다. 베니는 에밀리가 들어오자 커피를 한 컵 더 따라서 컵 두 개를 들고 테이블에 앉았다. 에밀리 투자크는 의자를 당겨 앉으며 감사히 커피를 받았다. 베니도 그의 조부처럼 알래스카 노스슬로프 일대에서 이름 높은 고래잡이 선장 중한 명이었고, 그만큼 일가견이 있었다. 에밀리는 베니라면 오늘 자신이 본 것이 사실인지 확인해 줄 거라 믿었다.

"제가 오늘 고래를 한 마리 보았어요. 제 생각에는 시쿠 같아요."

에밀리가 말했다.

"*아리가!*"

베니가 외쳤다.

"고래 사냥이 에스키모에게만 허용되니까 요즘 들어 고래들이 조금씩 돌아오고 있긴 해. 하지만 고래가 아무한테나 스스로를 바치는 건 아냐. 그런 영광을 누리는 사람은 아주 적지."

말을 마친 베니는 커피를 마시며 생각에 잠긴 얼굴로 에밀리 투자크를 응시했다. 그러다 물었다.

"시쿠가 확실하니?"

에밀리 투자크도 베니의 눈을 응시했다. 에밀리는 허리를 곧추 펴고 대답했다.

"태어나서 지금까지 시쿠 얘기를 들으며 컸어요. 그러다 오늘 처음으로 시쿠를 본 거예요. 시쿠가 저한테 말했어요."

에밀리는 쑥스러운 얼굴로 말을 이었다.

"물론 진짜로 말했다는 건 아니에요. 하지만 우리 둘 사이에 뭔가가 일어났어요. 말로는 표현 못하겠어요. 시쿠를 다시 찾고 싶어요. 여기서 멀지 않은 곳에 있어요. 저를 바다로 데리고 나가 주실래요?"

에밀리도 샤먼은 없는 말을 지어내는 사람들에 불과하다고 여겼다. 하지만 할아버지에게 줄곧 들었던 가문의 저주 이야기에 일말의 진실이 있다는 생각이 들기 시작했다.

"어쩌면, 그건 저주가 아닐지도 몰라요... 어쩌면 그건 일종의 특별한 인연일지 몰라요."

베니는 에밀리의 얼굴을 지긋이 들여다봤다.

"정말로 시쿠를 찾고 싶니?"

에밀리는 고개를 끄덕였다.

"시쿠를 찾으면?"

베니가 물었다. 에밀리는 어깨를 으쓱했다.

"좋다. 내가 데려가 주마. 하지만 지금 바다에 나가는 건 위험해. 칠월에 얼음이 허물어질 때까지 기다려야 해."

베니가 말했다.

에밀리 투자크의 얼굴에 미소가 번졌다.

17

바다 위에서

- 1980년 -

에밀리는 해변에서 베니를 만났다.

"여행하기 좋은 날이다."

베니가 말했다.

"시쿠를 찾으러 가요."

"내 우미악을 타고 가자."

베니가 말했다.

"그럼 저는 가서 동생을 데려올게요. 걔도 가고 싶어 할 거예요."

에밀리가 말했다.

에밀리는 올리버를 찾으러 갔다. 가는 동안에도 머릿속에는 시쿠 생각밖에 없었다. 에밀리는 올리버를 데리고 오면서 잔뜩 바람을 넣었다.

"바다로 나가는 거야. 신 나지 않아?"

"진짜 배를 타는 게 낫지 않아요, 베니 아저씨?"

올리버가 물었다.

베니가 껄껄 웃었다.

"진짜 배? 얼음 바다에는 지금도 가죽배만 한 게 없어. 우미악을 뛰어넘는 배는 없어. 가볍지, 유연하지, 튼튼하지. 그뿐이냐, 노로 젓기도 좋고 바람으로 가기도 좋고. 거기다 탈이 나도 어디서나 손 볼 수 있어."

베니는 하얀색 파카와 바지 차림이었다. 얼음과 섞이면 고래들의 눈에 거의 띄지 않는 보호색이었다. 7월이었고, 해빙이 부서져 흩어지고 있었다. 베니가 가죽배의 균형을 잡자 올리버가 뱃머리 쪽에 올라탔다. 올리버는 집에서 챙겨 온 바다표범 작살과 소총을 겨드랑이에 끼웠다.

"우리가 시쿠를 잡으러 가는 건 줄 알아?"

올리버가 가지고 온 물건들을 보고 에밀리 투자크가 한마디 했다.

"걱정 마, 누나! 이렇게 작은 작살로 뭘 하겠어? 바다표범이나 있으면 사냥할까, 고래는 아냐."

올리버가 말했다.

"하지만 시쿠가 그걸 보고 우리가 자기를 잡으러 나왔다고 생각하면 어떡해."

에밀리가 마지막으로 배에 올라타서 노를 붙잡고 당당한 자세로

앉았다. 마치 몸으로 이렇게 말하는 듯했다.

'나는 투자크 7대손 에밀리 투자크다. 시쿠를 찾기 위해서, 그래서 그를 모든 해악으로부터 지키기 위해서 나, 에밀리 투자크가 나섰다. 이것은 우리 가문의 의무이자 나의 의무다.'

세 사람은 우아한 우미악에 몸을 싣고 소리 없이 바다로 나갔다.

에밀리는 노를 물에 찔러 넣었다.

"가자."

베니가 나직이 말했다.

그들은 노를 저었다. 가죽배가 물을 스치듯 앞으로 나아갔다. 배는 사뿐히 물살을 가르며 청록색 부빙들 옆을 미끄러졌다. 바다오리들이 세 사람 주위를 빙빙 돌다가 다시 가던 길로, 그들의 번식지를 향해 날아갔다.

올리버가 부빙 위에 늘어져 있는 바다표범 한 마리를 발견했다. 올리버가 바다표범을 가리켰고, 베니가 배를 그쪽으로 틀었다. 그때 물기둥이 수면 위로 10미터나 솟구쳐 올랐다.

"저기 봐."

베니가 속삭였다.

그는 고래를 직접 가리키는 것은 삼갔다. 나이 많은 고래 사냥꾼들은 고래를 손가락으로 가리키는 것을 고래에 대한 모욕으로 여겼다.

시쿠가 떠나지 않고 밤새 여기에 머물러 있었던 것이다. 그때 시쿠가 엿보기 도약으로 배를 확인한 뒤, 다시 잠수했다. 세 사람은 노를 내려놓았다. 올리버가 뱃머리에 일어나 고래가 다시 물 위로 나오기를 기다렸다. 에밀리 투자크는 돌처럼 꼼짝 않고 앉아 있었다. 모두 침묵을 지켰다. 15분이 흘렀다. 시쿠의 부리가 수면으로 올라왔다. 바로 근처였다. 바다 표면에서 따뜻한 숨 기둥이 솟아올랐다. 고래는 예측하기 힘들게 움직였다.

"우리가 자기를 사냥하러 온 줄 아나 봐요."

올리버가 바다표범용 작살을 슬그머니 내려놓으며 속삭였다.

"하지만 아닌데, 뭐."

에밀리가 나직하고 단호하게 말했다.

"고래가 그걸 어떻게 알겠어."

올리버가 말했다.

시쿠는 경계하고 있었다. 그는 잠수했다가 가죽배 옆으로 올라왔다. 배가 기우뚱하면서 바다표범 작살과 작살에 연결된 밧줄이 배 밖으로 떨어졌다. 밧줄이 시쿠의 꼬리에 감겼다. 시쿠는 배를 끌고 바깥 바다로 움직였다. 에밀리는 시쿠 생각밖에 없었다.

'밧줄을 풀어 줘야 해.'

시쿠는 더 깊이 잠수했다가 나오기를 반복했다. 그럴수록 밧줄이 시쿠의 몸에 더 단단히 엉켰다.

에밀리는 서둘러 벨트에 차고 있던 칼을 뽑아 들고 배 밖으로 몸을 뻗어서 줄을 자르기 시작했다. 배가 요동쳤다. 에밀리는 용케 칼을 놓치지 않고 뱃전에 몸을 걸친 채로 계속 잘랐다. 줄들이 거의 끊어졌다. 하지만 끊어진 밧줄은 여전히 시쿠의 꼬리에 얽혀 있었다. 시쿠는 꼬리를 아래위로 퍼덕이며 밧줄을 벗어 던지려 했지만 그러지 못했다. 시쿠가 물 위로 뛰어올랐다가 등으로 떨어졌다. 물보라가 15미터까지 솟았다가 가라앉으면서 세 사람을 흠뻑 적셨다. 셋은 하마터면 배 밖으로 떨어질 뻔했다. 베니는 무릎을 꿇고 앉아 배의 균형을 잡으려고 안간힘을 썼다. 에밀리는 뱃전에 간신히 매달려서 남아 있는 밧줄에 미친 듯이 칼질을 했다. 에밀리는 포기할 생각이 없었다.

시쿠는 물 위로 올라가서 바로 어제 자신과 눈을 맞추었던 소녀를 보려고 했다. 하지만 그는 줄에 걸린 상태였다.

18
바닷속에서

– 1980년 –

~~~∧∧∧∧~∧∧∧ 는 거미불가사리가 깔린 바다 밑바닥으로 내려
갔다. 가죽배에 탄 소녀가 밧줄을 끊는 데 성공했다. 하지만 끊어진
밧줄이 여전히 그의 꼬리에 칭칭 감겨 있었다. 그는 거대한 부빙 아랫
면을 향해 헤엄쳤다.

그는 부빙 아래에서 멈췄다. 그리고 공기 틈을 찾아서 가쁘게 숨
을 돌렸다. 등은 밤색이고 옆은 자줏빛을 내는 작은 물고기들이 그
의 주위를 쏜살같이 헤엄쳐 다녔다. 북극대구들이었다. 암컷 바다
표범 한 마리가 부빙에서 물로 미끄러져 내려왔다. 바다표범은 대구
한 마리를 잡아서 다시 부빙 위로 올라갔다.

시쿠는 꼬리지느러미를 휘두르며 몸부림쳤다. 밧줄은 그래도 떨어
져 나가지 않았다. 그는 부빙 아래 물속을 빙글빙글 맴돌았다. 밧줄

이 더 몸을 죄었다. 한 번 더 용을 쓰려고 할 때, 위에서 목소리가 들렸다.

"노! 노를 내밀어 줘!"

가죽배에 타고 있던 소녀였다. 소녀가 배에서 몸을 내밀고 밧줄을 끊다가 부빙 위로 떨어진 것이었다. 소녀는 얼른 일어나서 노를 향해 팔을 뻗었다. 바로 그때 부빙의 한 귀퉁이가 갈라졌다. 부빙은 소녀를 태운 채 빠른 속도로 배에서 멀어져 바깥 바다로 떠내려갔다.

"밧줄! 밧줄을 던져!"

소녀가 악을 썼다.

베니가 죽어라 노를 저었지만 해류가 너무 빨랐다. 거기다 우미악 주변을 부빙들이 두텁게 에워싸고 있었다. 이런 위험한 얼음 바다와 강력한 해류 앞에서 베니가 할 수 있는 것은 거의 없었다.

에밀리 투자크는 해안을 따라 계속해서 동쪽으로 멀어져 갔다.

"베니 아저씨! 올리버! 도와줘요!"

시쿠는 에밀리 투자크를 태운 부빙 밑의 에어포켓으로 들어갔다. 그는 계속해서 꼬리지느러미 근육을 맹렬히 움직였다. 마침내 밧줄이 떨어져 나갔다. 부빙이 시쿠와 함께 들썩였다. 밧줄에 쓸린 상처가 고통스러웠다. 하지만 시쿠는 부빙을 떠나지 않았다.

시쿠는 겁에 질린 소녀 아래에 남았다. 그는 부빙이 동쪽의 스미스 만으로 흘러가도록 유도했다. 그는 스미스 만의 익숙한 바닷물 냄새에 한숨지었다. 그가 가을마다 플랑크톤을 섭취하던 곳이었다.

부빙 위에서 착한 눈의 소녀가 외쳤다.

"나는 너를 밧줄에서 풀어 주려고 했던 거야, 시쿠. 나, 지금 표류하고 있어."

" ～～～ ～～～ ～～～ ～～～ - - - - -
- - - - ∧∧∧∧ ～～～ - - - - ∧∧∧∧ ～～～ - - - - ."

멀리서 어떤 고래가 날카로운 소리를 보냈다. 시쿠를 동부 보퍼트해로 부르는 소리였다.

시쿠는 대답하지 않았다.

19

바닷속에서

- 1980년 -

에밀리 투자크가 부빙을 타고 실종됐다는 소식이 무전기를 통해 타운 전체에 전해졌다. 해류 구조대원 네 명으로 구성된 수색 팀이 지체 없이 베니의 우미악에 올라타고 에밀리를 찾아 동쪽으로 노를 저었다.

베니는 뱃고물에 자리 잡고 앉아서, 대원들에게 가속을 위한 구령을 붙였다. 대원들이 리듬을 따라잡았고, 배는 빠르게 전진했다. 그들은 에밀리를 태운 부빙이 떨어져 나간 곳에 이르렀다. 에밀리의 모습은 이미 어디에도 보이지 않았다. 하필이면 해류가 갈라지는 지점이라 베니는 에밀리의 부빙이 어느 쪽으로 갔는지 종잡을 수가 없었다. 총빙으로 덮인 북쪽 바다로 흘러갔을까, 아니면 캐나다를 향해 동쪽으로 갔을까?

베니는 이 배와 이 인력만으로는 해류가 에밀리를 어디로 데려갔는지 파악하기 어렵다는 판단을 내렸다. 그는 교역소로 돌아가서 자신의 제설기에 올라타고 속력을 다해 북극 연구소로 도움을 청하러 갔다. 구조 팀 중 일부도 그와 동행했다.

베니가 연구소 사람들에게 에밀리 투자크가 바다에 나갔다가 실종됐으며, 강력한 모터를 장착한 배가 필요하다는 설명을 하는 데 소중한 시간이 흘러갔다. 파워 보트를 물에 띄울 준비를 하는 데 또다시 15분이 흘렀다. 베니는 자원봉사자 구조 팀과 해군과 함께 파워 보트를 타고 출발해서 배로우 곶을 돌아 동쪽으로 향했다. 에밀리 투자크는 어디에도 보이지 않았다. 해군 장교는 에밀리가 죽었을 가능성이 높다고 했다. 해군은 파워 보트를 돌려 북극 연구소로 돌아가고, 구조대원들은 수색을 계속했다. 연구소의 연락을 받고 웨인 항공사에서 파견한 비행기들이 공중 수색에 나섰다.

베니는 에밀리 투자크가 반드시 살아 있을 거라고, 자신이 에밀리를 찾고야 말 거라고 믿었다. 베니는 이번에는 자신의 카약에 올랐다. 동쪽으로 흐르는 해류를 따라가면서, 가는 길에 있는 작은 만과 강어귀들을 뒤져 볼 생각이었다. 그는 홀로 노를 저었다.

화물기들이 머리 위로 지나갔다. 정찰 헬리콥터 한 대가 공중을 선회했다. 석유 시추에 필요한 물자와 장비를 실은 최신식 선박이 그의 옆을 지나갔다. 선박의 승무원들도 가는 길에 부빙 위에 조난당한 소녀가 있는지 보라는 지시를 받았다. 승무원들이 갑판에 늘어서서 바다를 보고 있었다. 그중에 몇 명이 베니에게 손을 흔들었다. 베니는 손을 마주 흔들어 줄 여유가 없었다.

"에밀리 투자크가 에스키모 전통 방식대로 자란 애라면 이렇게까지 걱정되지는 않을 텐데."

베니는 얼음과 구름과 바람과 초록색 물로 덮인 북극 세계를 향해 한탄했다.

"그랬으면 살아남는 방법을 알 테니까. 옛날과 달리 요즘 애들은 에스키모의 생존 기술이 없어."

베니는 칼 한 자루 달랑 가지고 북극의 험한 자연에서 살아남는 방법을 아는 마지막 세대 중에서도 마지막으로 남은 몇 사람에 속했다.

솜털오리들이 아직도 무리 지어 동쪽으로 날고 있었다. 둥지를 틀고 새끼를 낳고 키우기 위해서 표류목과 풀과 갈대가 있는 해안가를 찾아가는 것이었다. 제비갈매기들도 공중을 맴돌다가 둥지를 틀 사력층 해변을 향해서 날아갔다. 새들은 너도나도 "여름이 왔다."고 말하고 있었다. 하지만 해류가 에밀리 투자크를 어디로 데려갔는지 말해 주는 새는 하나도 없었다.

베니는 계속 노를 저었다. 그는 노를 저으며 에밀리와 시쿠 사이의 특별한 유대를 느꼈다. 에밀리와 시쿠, 둘 다 살아 있다. 베니는 본능적으로 확신했다. 에밀리 투자크가 탄 부빙은 어딘가에서 무사히 땅에 닿았을 거다. 시쿠도 죽거나 다치지 않았다. 시쿠는 가던 대로 동부 보퍼트 해로 떠났을 거다. 문제는 에밀리였다.

베니는 해류가 에밀리를 심슨 곳으로 데려갔을 수 있다고 생각하고 그쪽으로 노를 저었다. 그가 카약을 타고 나온 지 사흘이 지났다. 그의 식량은 해에 말린 카리부 고기와 생선이었다. 그는 마실 물도 싣고 왔다.

바다가 잔잔해서 꾸준히 노를 저을 수 있었다. 마침내 바닷물에 이끼와 나뭇가지들이 떠다니는 게 보였다. 곳에 거의 다 왔다는 뜻이었다.

물고기 한 마리가 배 옆으로 올라왔다. 베니는 물고기를 잡을 생각도 없이 계속 노만 저었다. 남들 같았으면 선외 발동기나 파워 보트를 이용했겠지만, 베니는 전통파였다. 그래서 무동력으로, 인간의 힘으로만 여행하는 쪽을 선호했다.

그는 곳에 도착해서 노를 멈췄다. 곳의 앞바다는 아직도 얼음으로 막혀 있었다. 부빙들이 빙빙 떠돌며 이리저리 출렁였다. 아직은 초여름이라서 바다에 부빙들이 수없이 떠다녔다.

베니는 커다란 부빙들에서 멀찍이 떨어져서 쉬었다. 해가 수평선에 살짝 잠겼다가 다시 떴다. 해가 지지 않는 두 달간의 낮이 시작되고 있었다. 베니는 하늘과 바다가 연두색으로 변했다가 다시 짙은 금색으로 변하는 모습을 지켜보았다. 그는 그 빛에 압도돼 한동안 망연히 앉아만 있었다. 하지만 배로우까지 다시 먼먼 길을 노 저어 가야 했다.

로버트 투자크와 플로시가 교역소에서 그를 기다리고 있었다. 부부는 베니가 도착하자 천천히 해변을 내려왔다. 소식을 듣기가 겁났다. 베니가 카약에서 내려 로버트와 악수를 나눴다.

20

땅 위에서

– 1980년 –

몇 시간이 흘렀다. 에밀리 투자크는 부빙 위에 가만히 누워 있었다. 추웠다. 시쿠는 소리 없이 에밀리의 곁을 지켰다. 그는 에밀리가 탄 부빙을 부리로 밀었다. 부빙이 해안 근처 모래톱에 올라앉으며 으드득 멈춰 섰다.

에밀리는 부빙의 요동에 놀라 깼다. 그녀는 부빙이 땅에 닿은 걸 알고 부빙 가장자리로 달려갔다. 그리고 신이 나서 뛰어내렸다. 무섭긴 했지만 땅으로 돌아와 기뻤다. 하지만 당장은 여기가 어딘지 그것부터 알아야 했다. 만을 둘러싼 땅은 배로우 주변 땅과 비슷했다. 하지만 북부 알래스카 해안은 다 이렇게 생겼으니, 여기가 그중에 어딘지 알 길이 없었다.

우우웅! 고래가 숨을 뿜는 소리가 들렸다. 분명히 고래 소리였다.

고래가 해안 가까이에 있었다. 에밀리는 까치발로 서서 눈을 비비고 뚫어져라 보았다.

또다시 우우웅 소리가 났다. 또 한 번. 네 번 더. 바다 여기저기서 물안개가 분수처럼 솟았다가 흩어졌다. 고래가 한두 마리가 아니었다. 에밀리 투자크는 고래들을 보러 해변을 달려 내려갔다.

고래 중에 한 마리가 물 위로 뛰어올랐다가 등부터 떨어졌다. 엄청난 물보라가 일었다. 고래가 꼬리를 올렸다. 다음에는 머리를 물 밖으로 내밀었다. 고래의 턱에 흰 반점이 있었다. 춤추는 에스키모 반점.

"시쿠! 시쿠였구나!"

에밀리는 손뼉을 치며 환호했다.

그녀는 더 자세히 보려고 물가로 달려 내려갔다. 80톤에 달하는 고래의 몸이 허공의 작은 상아갈매기 못지않게 우아하게 움직였다. 에밀리는 환하게 웃었다. 그녀는 자갈투성이 해변 위에 시쿠라고 썼다. 그 이름으로 시쿠를 잡아 두고 싶었다.

에밀리는 문득 동작을 멈췄다. 그녀는 바닷속을 움직이는 진한 형체를 바라보다가, 불현듯 믿을 수 없는 진실을 깨달았다. 시쿠가 에밀리의 부빙을 육지까지 밀고 온 것이었다.

"고마워!"

에밀리가 외쳤다. 그녀의 목소리는 떨리고 갈라졌다. 에밀리의 눈에 눈물이 차올랐다. 시쿠가 그녀의 목숨을 구했다.

에밀리는 돌아섰다. 그녀 안에서 북극 에스키모의 본능이 꿈틀댔다. 에밀리는 파카 후드를 바싹 당겨 털에 얼굴을 파묻고, 두 눈을 감고 이제 어떻게 할지 생각했다. 그랬다가 다시 눈을 뜨고 크게 심호흡했다.

'사냥꾼이나 여행자를 만나게 되지 않을까.'

에밀리가 생각했다.

에밀리는 해변을 올라가며 시쿠에게 손을 흔들어 작별을 고했다. 해변 위는 툰드라였다. 에밀리는 해빙기의 평원을 둘러보며 인적을 찾았다. 초목과 이끼가 지평선까지 깔려 있었다. 야생화가 막 피고 있었다. 지구가 둥글게 넘어가는 저편까지 베이지와 흰색 카펫을 깔아 놓은 듯한 풍경이었다. 이런 끝도 한도 없는 공간을 먹을 것도 없이 무한정 걸을 수는 없는 노릇이었다. 어떻게 먹을 것을 구한다?

마실 물은 문제없었다. 툰드라에는 얼음이 녹아서 생긴 담수 못이 사방에 있었다. 문제는 먹을 거였다.

에밀리 투자크는 흙 속의 물기가 얼면서 땅이 언덕처럼 부풀어 오른 서리 융기 위로 올라가서 마을이 보이는지 살폈다. 마을은 보이지 않고, 낡고 망가진 범선 한 척만 해변에 나뒹굴고 있었다. 북서항로를 지나던 백인들의 잔해였다.

범선은 옆으로 쓰러져 있었고, 거의 수직으로 기운 갑판이 파도에 닳아 너덜너덜했다. 에밀리 투자크는 해변의 얼음덩어리들과 시커먼 바위들을 두 손 두 발로 타고 넘어서 범선으로 갔다. 그리고 너덜거리는 갑판 마룻장을 붙들고 배로 기어올랐다. 문이 있기에 들여다보니 배의 주방이었다. 주방도 옆으로 기울어졌고, 텅 비어 있었다.

"싹 비었네. 배를 버릴 때 죄다 챙겨 갔나 보다."

에밀리가 실망한 소리로 내뱉었다.

하지만 난파선 선원들이 얼음 바다에서 익사했을 수도 있었다. 그렇다면 다른 가능성이 열렸다.

'에스키모가 난파선을 발견하고 물건을 가져간 거라면? 그랬으면 참 좋을 텐데. 그런 거라면 멀지 않은 곳에 마을이 있다는 얘기니까. 하지만 어디에?'

배는 한눈에도 텅텅 비었지만, 에밀리는 사람들이 놓치고 간 음식 쪼가리라도 있을까 해서 계속 찾아보기로 했다. 에밀리는 원래는 벽이지만 지금은 바닥이 된 곳으로 비틀비틀 내려섰다.

"선원용 건빵이나, 고기 캔이나, 콩 통조림이나, 제발 뭐라도 있었으면 좋겠다."

에밀리는 조심조심 발을 내딛으며 폐허가 된 주방을 둘러봤다. 주방 옆 식료품 저장실도 가 보았다. 하지만 아무것도 없었다.

에밀리는 가슴이 내려앉았다. 좌절감이 밀려들어서 다 떨어진 매트리스에 털썩 주저앉았다. 매트리스 옆에 찢어진 담요가 있었다. 에밀리는 벌떡 일어났다. 그리고 매트리스와 담요를 갑판으로 끌고 가서 배 아래 해변에다 던졌다. 담요에서 취사도구 세트가 굴러 나와 모래 위에 널브러졌다.

"좋았어. 성냥만 있으면 이제 요리도 할 수 있겠다…"

에밀리가 말했다. 에밀리는 미간을 모으고 기억을 더듬었다.

"우리 조상들이 어떻게 불을 지폈더라? 분명히 얘기를 들었는데. 생각해 내자, 생각해 내자."

에밀리는 기다시피 난파선을 타 넘고 매트리스가 있는 데로 내려 갔다.

에밀리는 난파선에서 반쯤 뜯겨져 나온 마룻장에다 담요 귀퉁이를 묶어서 천막 비슷하게 만들고, 그 밑에 매트리스를 끌어다 놓았다. 여름철이라도 언제 눈보라가 칠지 모르는 일이었다.

"유전에 드나드는 비행기가 지나갈지도 몰라… 하지만 어떻게 신호를 보낸다? 그때는 담요를 깃발처럼 흔들어야지."

우우웅! 에밀리 투자크는 몸을 돌렸다. 거대한 고래 한 마리가 얼음처럼 차갑고 맑은 물속을 천천히 헤엄치고 있었다. 고래는 만에서 먹이를 섭취하는 중이었다.

"나도 플랑크톤을 먹을 수 있으면 좋겠다. 아니지, 나도 먹을 수 있을지 몰라. 하지만 그러려면 물에 들어가야 하는데, 그건 별로 쓸 만한 생각이 아닌 것 같다."

에밀리는 한숨을 쉬었다.

"그래도 너랑 있으니까 좋아."

에밀리가 시쿠에게 외쳤다.

시쿠가 부리를 내밀고 물안개를 뿜었다. 그러고는 다시 모습을 감췄다.

에밀리 투자크는 고단했다. 마음도 무거웠다. 에밀리는 매트리스 위에 드러누웠다. 그리고 금세 잠이 들었다.

에밀리가 잠에서 깼을 때는 몇 시간이 훌쩍 지난 썰물 때였다. 북극 지방에서는 밀물이나 썰물이나 바닷물의 드나듦이 별로 크지 않다. 하지만 해변에 처음에는 없었던 희귀종 켈프(해초의 일종)가 널려 있었다. 이 근처 어딘가에서 자라다가 폭풍에 뜯겨진 켈프가 만조 때 파도에 실려 왔고, 물이 빠지면서 해변에 남은 거였다.

"여기가 생각보다 배로우랑 가깝나 봐. 여기 동식물도 배로우랑 똑같아."

에밀리는 켈프의 잎을 살짝 베어 먹었다. 그리고 아버지의 말을 떠올리며 기다렸다.

'조금 먹어 봐. 쓰지 않으면 먹어도 되는 거야.'

켈프의 맛은 비리면서 약간 짭짜름했다. 하지만 나쁘지는 않았다. 에밀리는 켈프를 한 주먹 먹었다. 그리고 켈프를 담아 갈 것을 가지러 천막으로 돌아갔다. 짭짜름한 해초를 먹었더니 목이 말랐다. 에밀리는 이리로 타고 왔던 부빙으로 갔다. 부빙 위에 있을 때 피칼루약을 본 기억이 났다. 피칼루약은 오래된 해빙을 말한다. 에밀리의 가족은 피칼루약을 녹여서 마시곤 했다. 피칼루약은 소금기가 없었다. 그리고 지금껏 에밀리가 마셔 본 물 중에 가장 맛 좋은 물이었다. 에밀리는 취사도구 세트에서 냄비처럼 생긴 뚜껑을 집어 들고 해빙 위로 기어 올라가 곧장 오래된 얼음으로 갔다. 얼음 모양이 반구형인 것을 보니 1년 남짓 묵은 얼음이었다. 하지만 소금기가 싹 빠진 담수 얼음이었다. 에밀리는 얼음을 몇 조각 쪼아 내서 갈증이 완전히 가실 때까지 빨았다. 남은 얼음은 냄비에 담았다. 얼음이 녹기에는 날씨가 너무 추웠다. 에밀리는 다시 매트리스 캠프로 달려갔다.

"고마워, 시쿠. 네가 나를 음식과 물이 있는 곳으로 데려다줬어."

에밀리는 소리 내어 웃었다.

"정작은 내가 너를 구해 줘야 하는데 말이지."

허기와 갈증을 채우고 나자 다음에 드는 생각은 집을 찾아가는 방법이었다. 이제는 에스키모의 생활도 현대화돼서 에밀리는 대자연에서 자급자족하는 법을 배우지 못했다.

에밀리가 중얼거렸다.

"거기다 육지에는 나를 인도해 줄 시쿠도 없잖아... 아닌가? 있어 줄까?"

21

바닷속에서

– 1980년 –

~~~~~~~~~~ 는 마치 샤먼의 주문에 걸린 것처럼 쉽사리 스미스 만을 떠나지 못했다. 꼬리로 물을 치며 머리를 물 밖에 내놓고 있는데, 해변에 소녀가 보였다. 그는 다시 수면으로 올라가 자세히 보았다. 그렇게 한참 보다가 몸을 뒤로 눕혀 잠수했다.

쿠앙! 시쿠가 다시 머리부터 솟아올랐다. 소녀가 돌아서서 활짝 웃었다. 그는 소녀의 눈을 똑바로 보았다. 어떤 초자연적인 교감이 80톤의 고래와 착한 눈을 가진 소녀 사이에 오갔다. 그가 옛날부터 알아 왔던 눈과 같은 눈이었다. 시쿠가 소녀를 처음 봤을 때 느꼈던 감정이 다시 일었다. 소녀가 배로우에서 남동생과 함께 총빙으로 기어 내려왔다. 나중에 소녀가 그를 구해 주었다. 이제는 그가 소녀를 구할 차례였다.

"시쿠, 네가 나와 함께 있구나. 네가 나를 이리로 데려다줬잖아. 나는 꼭 살아날 거야."

소녀는 외쳤다.

⌇⌇〰〰 는 다시 물속으로 들어갔다. 그는 몸을 바다로 돌려 고래 무리에 합류했다. 소녀도 발길을 돌려서 해변을 따라 서쪽으로 걸었다.

에밀리 투자크와 시쿠는 하나의 영혼으로 이어졌다.

22

땅 위에서

- 1980년 -

시쿠는 다른 고래 셋을 만났고, 500파운드(약 227킬로그램)의 플랑크톤을 삼켰다. 그들은 심해로 향했다. 태양이 지평선 바로 위에서 지구를 돌고 있었다. 시쿠는 쏟아지는 황금 햇살 속에서 에밀리 투자크를 살피듯 껑충껑충 뛰었다. 그러다 다시 물에 들어가 스미스 만을 빠져나갔다.

에밀리 투자크도 만을 떠날 준비를 갖췄다. 에밀리는 난파선에서 건진 물건 가운데 여행에 도움될 만한 것들을 몇 가지 챙겨서 나무상자에 넣고, 상자를 담요로 쌌다. 에밀리는 크게 심호흡을 하면서 담요 꾸러미를 등에 훌렁 둘러메고 담요 자락을 가슴에 동여맸다. 그리고 난파선을 떠났다.

천둥이 우는 소리가 났다. 우우웅... 에밀리는 몸을 돌렸다. 고래 한 마리가 엿보기 도약을 하고 잠수했다가 천천히 거대한 머리를 들었다. 고래의 턱에 춤추는 에스키모가 보였다. 손은 머리 위로 들고, 무릎은 굽혀서 활짝 벌리고 있는 에스키모. 에밀리는 손을 흔들었다.

"또 보자, 시쿠. 나는 잘 있어."

에밀리는 이렇게 외치고 걷기 시작했다.

귀에 익은 소녀의 목소리가 바다에 있는 시쿠에게 선명하게 닿았다. 이어서 날카로운 파장과 높은 울림과 깊은 함성들이 합창처럼 들려왔다. 그를 부르는 소리였다. 그에게 좋은 먹이터로 가는 경로를 알려 주는 소리였다.

에밀리 투자크는 시쿠의 발자국이 만을 떠나는 것을 보며 한숨지었다.

에밀리는 새삼 겁이 나서 주저앉았다. 그때, 샤먼의 주문으로 정령이 나오듯, 에밀리 옆으로 한 자락 아스라한 물안개가 지나갔다. 혼자였지만 에밀리는 더 이상 무섭지 않았다.

'시쿠, 너구나. 네가 느껴져. 네가 나와 함께 있어. 나는 이제 괜찮아.'

에밀리가 생각했다. 손을 들어서 뺨을 어루만졌다. 그리고 다시 씩씩하게 일어나 여정을 시작했다.

"시쿠, 툰드라에 자라는 산딸기를 찾아볼래. 풀 속에 얼룩다람쥐도 있을 거야. 나는 에스키모니까."

에밀리는 물안개를 향해 말했다. 에밀리는 해변을 떠나 끝도 없이 광활한 툰드라로 들어갔다.

몇 걸음 걸었을까, 에밀리는 갑자기 기겁하며 멈춰 섰다. 그녀는 눈을 비비고 뚫어져라 쳐다봤다.

"누군가 나한테 걸어오고 있어."

하지만 형체는 햇빛 속으로 사라졌다.

"신기루였나 봐."

에밀리는 흐느껴 울었다.

"아이 아이아이."

축축한 바람이 에밀리의 얼굴을 부드럽게 어루만졌다. 에밀리는 다시 자기 뺨을 토닥이며 마음을 추슬렀다.

"시쿠, 네가 나와 함께 있어. 나는 괜찮을 거야."

에밀리가 말했다. 여행 내내 에밀리는 이 말을 노래 후렴구처럼 되풀이했다.

23

바닷속에서

- 1980년 -

~~~~~~가 스미스 만에서 나올 때였다. 멀리서 삐이이 삐이이 소리가 들렸다. 일각고래 소리였다! 일각고래는 작은 고래였다. 몸길이가 기껏해야 6미터밖에 되지 않았다. 일각고래 수컷의 머리에는 신화 속 동물 유니콘처럼 창같이 기다란 외뿔이 달려 있는데, 사실은 뿔이 아니라 위턱의 엄니가 머리 밖으로 길게 자란 것이었다. 그리고 가슴에는 반달 모양의 앞지느러미가 달려 있었다. 일각고래는 주로 캐나다와 그린란드로 둘러싸인 동부 북극해에서 살지만, 그중에 소수가 멀리 서쪽의 스미스 만까지 진출했다. ~~~~~~는 일각고래를 무시하고, 동료 고래들의 노래를 따라 북극의 심해로 나아갔다.

~~~~~~는 대양 주변부에 널린 부빙들을 지나 계속 나아

갔다. 태양이 극지방을 덮었다. 그는 호흡을 위해 수면에 올라간 김에 부빙에 앉아 있는 갈매기들과 바다표범들을 훑어봤다. 바닷물이 점점 따뜻해지고, 바람이 점점 강해지고 있었다. 여기저기서 얼음이 굴러떨어졌다. 녹황색 구름 위로 자주색 구름이 흘러갔다. 낮과 밤이 햇살 가득한 하나의 시간으로 합쳐지고 있었다. 시쿠는 그의 여름 서식지에 다다랐다.

폭풍의 조짐이 일었다. 늑대장어 한 마리가 그의 코앞을 화살처럼 지나갔다. 대구 떼가 소용돌이 군무를 추며 물속을 누볐다. 대구가 햇살을 받아 금색으로 빛났다. 해파리가 바람에 한데로 쏠리면서 바닷물을 분홍색으로 물들였다. 기온이 영하 1도로 떨어졌다. 눈이 내리기 시작했다. ∿⋀⋁⋀⋁⋀∿ 는 평화롭게 헤엄쳤다. 이곳은 그의 세계였다.

눈보라가 멀리서부터 서서히 걷혔다. 동물성 플랑크톤 떼가 바다 표면 가까이로 기름띠처럼 떠올랐다. ∿⋀⋁⋀⋁⋀∿ 는 거대한 입을 쩌억 벌리고 플랑크톤을 삼킬 태세를 취했다. 그러다 멈췄다. 냄새가 이상했다. 이 기름띠는 영양이 풍부한 동물성 플랑크톤이 아니었다. 모터 구동 선박들이 흘린 기름띠였다. 그는 꼬리를 아래위로 부지런히 놀려서 기름띠로부터 멀리 벗어났다.

그가 깊은 바다에 이르렀을 때, 고래의 웅성거림이 들려왔다. ⋀⋁⋀__⋀⋁⋀_ 이 딸 고래 셋, 아들 고래 하나와 함께 앞서가고 있었다. 고래 가족은 이 광대한 바다에서 소리와 신호로 서로를 찾아냈다. 그들은 서로 몸을 스치며 다시 만난 기쁨을 만끽했다. 그들은 작은 부빙들을 밀어서 주거니 받거니 장난쳤고, 꼬리를 신 나게 휘저었다. ∿∿∿∿∿ 도 거기 끼었다. 그는 부리 위에 얼음덩어리를 이고 왔다. ⋀⋀⋀_ _⋀⋀⋀_ 이 얼음덩어리를 쳐서 떨어뜨리고 자기 딸에게 밀어 보냈다.

활머리고래의 여름 서식지, 동부 보퍼트 해는 물이 탁할 정도로 플랑크톤이 풍부하고 생명으로 넘치는 바다였다. 다른 대형 수염고래들은 이곳에 오지 않았다. 먹이가 풍부하고 얼음이 널린 이 바다는 오로지 북극고래들의 바다였다.

빨간대구도 이곳에서 여름을 났다. ∿∿∿∿∿ 의 눈에도 동물성 플랑크톤을 섭취하는 대구들이 심심찮게 보였다. 그들 아래에는 어두운 심연에서 솟아오른 암석들이 신비의 도시들처럼 성채를 이루고 있었다. 햇빛이 닿는 해저 절벽에는 말미잘과 북극산호가 무성하게 자라고, 햇빛이 미치지 않는 어둠 속에는 해면동물과 해파리가 살았다. 수백만 년 이어진 진화 과정이 이들과 활머리고래를 극한의 환경에 적응하게 했다. 이곳은 수시로 변하는 빛과 차가운 물과 두꺼운 얼음의 세계였다. 이곳 말고 지구상 어느 곳에도 이들과 같은 생물은 존재하지 않았다.

이곳이 ∿∿∿∿∿ 의 터전이었다. 그는 총빙 언저리에 사는 생물들 사이를 부드럽게 오갔다.

∿∿∿∿∿ 의 마음속에서 불현듯 즐거움이 꿈틀대며 그를

흔들었다. 그는 친구들과 피붙이들과 장난치며 놀았다. 그들은 물 위로 도약했다가 다시 물과 요란하게 격돌했다.

놀이 시간은 끝났다. 시쿠는 좋아하는 동물성 플랑크톤이 많은 곳들을 두루 확인했다. 분홍색 크릴 떼가 물기둥을 타고 어지러이 솟구쳤다. 크릴 주변에서 동물들이 만드는 소리가 너무나 생생해서 소리만으로 모습이 보일 정도였다. 물고기가 툴툴대는 소리와 새우가 딸깍이는 소리와 말미잘이 웅얼대는 소리가 들렸다.

〰〰〰〰 는 크릴 몇 톤을 먹어 치운 후, 소리 신호를 이용해 자신의 자식들과 상봉했다. 자식들은 그를 알아보고 고래 언어로 행복한 기분을 표현했다. 그 소리가 천둥처럼, 대포처럼 울려 퍼졌다. 우우웅! 꽝꽝! 그들은 꼬리를 철썩였고, 서로 거대한 몸을 부딪쳤고, 꼬리로 서로를 훑었다.

〰〰〰〰 는 내친김에 가족을 대대적으로 모으기 시작했다. 사촌들, 육촌들, 증손자들, 고손자들, 고손자의 손자들. 그들은 물 위로 즐겁게 껑충거리며 사방을 살피고 서로를 확인했다. 그들 중에 일부는 기쁨에 넘쳐서 해수면 위로 12미터나 용약했다.

고래들이 바다로 돌아오고 있었다.

24

땅 위에서

– 1980년 –

베니는 에밀리 투자크 없이 혼자 돌아왔다. 그는 에밀리 투자크의 엄마 플로시의 손을 잡았다. 그는 그 손을 꼭 쥐고 말했다.

"에밀리는 살아 있어요. 우리가 꼭 찾아낼 겁니다."

로버트와 올리버가 힘없이 웃었다. 희망이 빠져나간 미소였다. 로버트와 올리버는 플로시의 양옆에서 그녀의 어깨에 팔을 둘렀다. 세 식구는 집을 향해 느릿느릿 걸었다.

'샤먼의 저주일까? 설마 저주가 사실이었나?'

로버트가 생각했다.

그는 얼른 아들과 아내의 눈치를 살폈다. 둘이 자신의 속마음을 읽었을까 봐 걱정됐다. 로버트는 가족이 자신의 표정을 보지 못하도록 고개를 숙였다.

베니는 멀어져 가는 세 사람을 지켜보았다. 그는 검은 자갈 해변에 홀로 남았다. 얼음과 눈과 바람과 구름이 수평선 끝에서 끝까지 휘몰아쳤다.

25
땅 위에서

– 1980년 –

에밀리 투자크는 결연한 눈으로 드넓은 툰드라를 둘러보았다. 마을을 찾았지만, 아니 제설기나 사냥꾼의 기척이라도 있나 살폈지만, 아무것도 없었다. 있는 거라고는 푸른색 또는 분홍색 들꽃이 듬성듬성 핀 밤색과 녹색의 땅뿐이었다. 빙하기부터 이어진 원시의 풍광이 지평선까지 이어졌다. 이끼와 초본식물만 한없이 융단처럼 깔려 있는 평원이었다.

"도와줄 사람 하나 없구나."

에밀리가 소리 내어 말했다.

"그럼 계속 걷지, 뭐. 그러라고 다리가 있는 거 아니겠어, 시쿠? 너는 지느러미와 꼬리로 보퍼트 해에서 여기를 오가고, 나는 다리를 써서 배로우로 돌아가야지."

에밀리의 할머니 말로는 옛날 조상들은 친지를 한번 방문하려면 겨울에 3백 마일씩 걸었다고 했다. 그렇게 친구가 먼 곳에서 도착하면 사람들은 잔치를 열었다. 맘껏 먹고, 놀이판을 벌이고, 춤을 추었다. 그러면서 가족 간에 혼담이 오가고 결혼 약속이 이루어졌다. 그 다음에는 다들 다시 걸어서 집으로 돌아갔다.

"나도 할 수 있어, 시쿠. 다리야, 가자."

에밀리는 해변으로 도로 내려갔다. 해변이 더 걷기 쉬웠다. 내려가자마자 해변 자갈 틈에서 오이스터리프를 발견했다. 파도가 세지 않게 찰싹거리는 곳을 골라 무리 지어 자라고 있었다. 에밀리는 오이스터리프의 질긴 잎으로 허기를 달랬다. 폭풍에 밀려왔다가 썰물에 좌초된 분홍색 대형 해파리들이 해변을 뒤덮었다. 30미터나 되는 해파리 촉수들이 머리칼처럼 엉켜 있었다.

에밀리는 해파리는 몸체에 자칫 독성이 있어서 함부로 먹으면 위험하다고 했던 할아버지의 말이 떠올랐다. 에밀리는 해안 절벽을 기어올라 다시 툰드라로 나갔다. 혼자 힘으로 살아남아야 한다는 절실함 때문인지 할아버지의 말이 조금씩 떠올랐다. 할아버지는 항상 에스키모의 오래된 지혜를 이야기했다. 에밀리와 올리버는 꼬마일 적에 할아버지를 따라 산책을 다녔다. 할아버지는 날마다 손주들에게 먹어도 되는 식물과 조심해야 할 동물을 가르쳤다. 안타깝게도 어릴 적 에밀리와 올리버는 배우는 것보다는 술래잡기에 몰두했다. 에밀리는 할아버지에게 들었던 선조의 가르침을 떠올리려고 머리를 쥐어

짰다. 좀 더 집중해서 들을걸, 후회막급이었다. 어쨌거나 기억이 돌아와 줄 것으로 믿는 도리밖에 없었다.

에밀리는 계속 걸었다. 버들개지가 5센티미터 높이로 우거졌고, 난쟁이 미나리아재비가 넓게 흐드러졌다. 북극 크로우베리는 이제 겨우 봉오리만 맺혔고, 먹어 보니 맛도 별로였다. 정오가 되자 허기가 심해졌다. 에밀리는 크로우베리 봉오리가 몸에는 좋을 거라고 판단하고 몇 움큼 먹었다. 맛은 없었지만 어쨌든 먹었다. 허기가 해결되자 콧노래가 나왔다.

시쿠, 시쿠, 너는 나의 또 다른 영혼이야.
네가 너와 나로 초목을 만들었어.
네가 너와 나로 동물을 만들었어.
우리는 서로에게 흘러 다녀.
우리는 하나야.
아이에, 야. 야. 아이에, 야. 야.

에밀리는 꽃피는 벌판을 만났다. 여름이 오면 가장 먼저 피는 난쟁이루핀이었다. 색은 해빙 그림자처럼 짙은 하늘색이었다. 에밀리는 무릎을 꿇고 꽃냄새를 맡았다. 휘이익! 바로 옆에서 쇠기러기 한마리가 날아올랐다.

근처를 보니 기러기 둥지에 부화하지 않은 알이 여덟 개 있었다.

"이건 마술이야, 시쿠."

에밀리가 말했다. 에밀리의 까만 눈에 기쁨이 넘쳤다.

"새알은 진짜 별미지."

에밀리는 알 두 개를 깨서, 영양분 가득한 속을 게걸스럽게 들이마셨다.

"시쿠, 어떤 새들은 알을 모두 잃어버리면 다시 낳지만, 기러기들은 아냐. 기러기는 그해에는 더 이상 알을 낳지 않아. 그러니까 둥지마다 한두 개씩은 남겨 놓는 게 좋겠어."

에밀리는 말하다 멈칫했다.

"내가 이런 걸 어디서 배웠더라?"

할아버지의 말이 저절로 생각났나? 아니면 시쿠가 나를 돕는 걸까? 에밀리는 등에 멨던 담요 꾸러미와 새알을 담은 상자를 조심스레 땅에 내려놓고 그 옆에 몸을 뻗고 누웠다. 에밀리는 눈을 스르르 감다가 도로 번쩍 떴다. 짙은 안개가 눈사태처럼 밀려오고 있었다. 피할 곳이 필요했다. 북극의 안개에 갇히면 한치 앞도 못 보는 상태에서 얼어 죽기 딱이었다. 에밀리는 2년 전 배로우 타운을 덮쳤던 안개가 생각났다. 갑작스런 안개에 집도 찾을 수 없었고, 썰매개들과 한 덩어리로 뭉쳐 있어야 했다.

에밀리는 서둘러 서리 융기 뒤로 피했다. 그리고 담요를 끌러서 새알 상자와 난파선에서 가져온 물건들을 이끼가 푹신하게 깔린 곳에 내려놓고, 담요 가장자리에 무거운 돌들을 올려놓아서 천막처럼 고정시키고, 담요 밑으로 기어 들어가 안개가 도착하기를 기다렸다.

하늘에서 비행기 소리가 들린 것은 하필 그때였다. 에밀리는 담요 밑에서 뛰쳐나왔다.

"안 돼!"

에밀리는 비행기가 짙은 안개를 보고 방향을 돌리는 것을 보며 속절없이 외쳤다. 웨인 항공사의 비행기는 배로우로 회항했다. 비행기 모터 소리가 점점 멀어져 갔다.

"안 돼! 가지 마!"

에밀리가 짙고 하얀 안개 속에서 부르짖었다.

안개가 에밀리를 에워쌌다. 온 세상이 하얘졌다. 에밀리는 다시 담요 밑으로 기어 들어가 파카를 있는 대로 바싹 여미고, 조금이라도 따뜻해지려고 후드 안에다 입김을 불었다. 눈물이 떨어졌다. 하지만 에밀리는 눈물을 얼른 닦아 냈다.

"먹을 새알도 있고, 냄비 안에 마실 물도 있어. 나는 괜찮을 거야, 시쿠."

에밀리는 말을 멈추고 안개가 툰드라를 겹겹이 휩쓰는 소리에 귀를 기울였다. 거센 바람이 에밀리의 담요를 잡아 뜯었다. 에밀리는 담요에 죽어라 매달렸다.

안개가 걷힌 후의 툰드라는 생명력으로 넘쳤다. 하늘에는 새들이 열을 지어 날아가고, 땅에는 작은 포유동물들이 후다닥 뛰어다녔다. 모두가 에밀리의 친구였다. 에밀리는 커다란 기러기 알들과 작은 야생딸기 봉오리로 배를 채웠다. 부빙에서 가져온 담수 얼음도 남아 있었지만, 이곳에는 마실 수 있는 담수 웅덩이가 많았다. 에밀리는 땅과 유대감을 느꼈다.

태양이 하늘을 몇 바퀴 더 돌고 난 시간, 에밀리는 강으로 흘러드는 웅덩이를 만났다. 강 이름은 알 수 없었다. 하지만 시쿠는 강 이름 따위는 모르고도 수없이 많은 강어귀를 지나다닌다. 그래서 에밀리는 자신도 그렇게 하기로 했다.

문제는 어떻게 강을 건너느냐였다. 주변 환경에 점점 익숙해지면서 에밀리의 두뇌도 보다 명료하게 움직이기 시작했다. 배로우는 이 강 너머 어딘가에 있다. 배로우 곳을 도는 해류는 동쪽으로 흐른다. 에밀리는 생각했다.

"시쿠는 해변을 찾아서 나를 배로우부터 여기까지 밀고 왔어. 그렇다면 나는 도로 서쪽으로 걸어야 해."

에밀리는 걸어서 건널 만큼 물이 얕은 곳을 찾아가며 강둑으로 올라갔다. 그러다 길게 자란 풀 무더기 근처에서 진흙에 반쯤 묻혀 있는 카약을 발견했다. 낡았지만 아직 쓸 만했다. 에밀리는 카약을 진창에서 끌어내 강물로 씻었다.

"시쿠, 네가 카약을 나한테 보내 줬구나. 네가 해 준 거 다 알아."

에밀리가 외쳤다.

에밀리는 신이 나서 혼자 웃고 떠들며 카약을 물에 띄웠다. 뱃머리에 노도 한 개 남아 있었다. 에밀리는 카약에 물건을 싣고 폴짝 올라 탔다. 그리고 작은 강으로 노 저어 들어갔다.

강을 거슬러 올라가는 동안 바람이 잦아들었다. 그러자 순식간에 사방이 모기 떼로 들끓었다. 에밀리는 전에도 모기 폭풍을 만난 적이 있었고, 이럴 때 어떻게 해야 하는지도 알았다. 에밀리는 파카 후드를 꽉 조이고 씩 웃으며 모기에 맞섰다. 모기 수백 마리가 에밀리의 코를 기어오르고 입술에 엉겨 붙었다. 에밀리는 모기를 먹었다. 맛이 괜찮았다! 에밀리는 입술을 빨아서 모기들을 쓸어 먹었다. 달콤하고 시큼한 맛이 났다. 에밀리는 그 맛을 음미하면서 계속 강을 거슬러 서쪽으로 나아갔다.

파리들이 모기들에 합류했다. 어느덧 공기가 어스레해졌다. 파리나 모기나 물어뜯는 곤충들이었다. 에밀리가 그 문제를 걱정할 때, 바람이 다시 일더니 벌레들을 멀리 흩어 버렸다.

"시쿠."

에밀리는 자신의 뺨을 토닥였다. 에밀리는 주위를 둘러봤다. 강둑에 큼직하고 통통한 애벌레들이 보였다.

"이야, 시쿠. 나, 생각났어. 북극의 유충은 겨울 동안은 몸이 얼어서 움직이지 못해. 어니스트 할아버지가 그랬어. 북극 유충이 나방이되려면 얼었다 녹았다 하기를 14년이나 반복해야 한대. 지금은 유충이 녹아 있을 거야. 저것들을 먹어 볼래."

에밀리가 유충 한 머리를 먹고 있을 때 파리들이 또 물어뜯기 시작했다. 에밀리는 해가 들지 않는 강둑 북편에 마지막까지 남아 있는 눈을 한 움큼 퍼서 얼굴 근처에 가져다 댔다. 눈덩이가 뿜는 한기에 놀란 파리들이 멀리 날아갔다.

에밀리는 카약 뱃머리에 앉아 계속 노를 저었다. 그런데 발치에 뭔가가 느껴졌다. 끄집어 당겨 보니 작은 걸그물이었다.

"*아리가!* 이제 식량 문제는 완전히 해결됐어!"

에밀리는 걸그물을 강물이 소용돌이치는 곳에 놓았다. 그러자 불과 몇 분 만에 그물에 송어가 그득 걸렸다. 에밀리는 은빛으로 반짝이는 맛난 포획물을 걷어 올려서, 시쿠에게 감긴 밧줄을 끊어 내는 데 썼던 칼을 꺼내 물고기를 다듬었다. 에밀리는 자신의 뺨을 토닥였다. 에밀리는 배가 고팠다. 그래서 물고기를 작게 토막 내서 먹기 시작했다. 생선살이 입에서 녹았다. 행복감이 밀려들었다. 에밀리는 먹고 남은 물고기는 나중을 위해 챙겨 놓았다.

에밀리 투자크는 계속해서 노를 저었다. 4마일쯤 더 갔을 때 호수가 나왔고, 호수가 다른 개울로 이어졌다. 그러다 또 호수가 나왔다. 이런 식으로 호수와 개울이 번갈아 이어졌다. 에밀리는 물을 따라 꾸준히 서쪽으로 이동했다. 그러면서 고래가 매년 여행하는 길고 긴 거리를 생각했다. 오랜 세월에 걸친 양키 고래잡이 광풍에서도 살아남은 시쿠를 생각하면 자신도 이 여정에서 살아남으리란 용기가 생겼다.

에밀리는 강둑에서 노란 꽃 무더기를 보았다. 지금껏 에밀리가 보았던 어떤 꽃과도 달랐다. 꽃잎이 작은 컵 모양이었다. 알래스카 워터카펫이란 꽃이었다. 에밀리는 컵 모양의 꽃을 자세히 들여다봤다. 컵마다 반짝이는 씨가 수북이 담겨 있었다. 에밀리의 손끝에서 물방울 하나가 컵 안으로 떨어졌다. 씨들이 사방으로 튀어 올랐다.

"후두둑 컵. 씨 뿌리는 방법도 참 다양해. 식물들은 정말 똑똑하다니까. 식물이 저렇게 똑똑한데 나라고 그러지 말란 법 없지."

에밀리는 웃음을 터뜨렸다.

노 젓기에 지치자 에밀리는 카약을 강둑에 댔다. 에밀리는 담요 밑단을 가늘게 뜯어서 끈 세 개를 만들고, 그 끈을 땋아서 밧줄을 만들었다. 거기에 짧게 땋은 밧줄 두 가닥을 연결하고, 각각의 끝에 돌을 묶었다.

"볼라(몇 가닥의 줄 끝에 무거운 추를 달아서 사냥에 쓰는 투척 무기)를 만들었어, 시쿠."

에밀리가 자랑스럽게 말했다. 그녀는 볼라를 머리 위로 빙빙 돌렸다.

"우리 조상들이 쓰던 올가미."

에밀리는 휘두르던 볼라를 손에서 놓고 볼라가 공기를 가르며 날아가는 모습을 지켜봤다.

"나쁘지 않아."

에밀리는 뛰어가서 볼라를 주웠다. 그리고 들꿩처럼 조용조용 걸으며 사냥감을 찾았다. 멀지 않은 곳에 북극여우가 있었다. 여름철

털갈이가 거의 끝나 흰색에서 밤색으로 변해 있었다. 여우는 나그네 쥐를 사냥 중이었다. 에밀리는 머리 위로 볼라를 휘두르다가 힘껏 던졌다. 여우가 쏜살같이 내뺐다. 에밀리는 사기가 꺾였다. 여우는 에밀리의 사냥감이 되기에는 너무 빠르고 너무 약았다.

그러다 에밀리는 볼라는 원래 새 사냥에 쓰는 도구라는 것이 기억 났다. 어렸을 때 할아버지를 비롯한 마을 노인들에게 얻어들었던 것들이 갑자기 새록새록 떠오르기 시작했다. 철없이 흘려들었다고 생 각했는데 아니었다.

에밀리는 계속 걸으며 들꿩이나 부엉이가 보이면 볼라를 던졌다. 점점 실력이 늘었다. 에밀리는 기러기 무리를 보고 거기다 볼라를 휘 둘러 던졌다. 놀랍게도 한 마리를 맞혔다. 에밀리는 기러기를 잡아 서 서둘러 깃털을 뽑고 내장을 발라냈다. 진짜 음식이 생겼다.

"하지만 불이 없잖아."

에밀리가 탄식했다. 그때 문득 차고 있던 손목시계에 눈이 갔다. 시계의 유리 뚜껑이 숫자판의 숫자를 확대했다. 돋보기로 불을 붙 일 수 있다. 학교에서 배운 사실이었다. 에밀리는 시계에서 유리 뚜 껑을 떼어 냈다. 헝겊 시곗줄은 구겨놓고, 마른풀을 모으고, 새알을 담았던 나무상자를 쪼갰다. 하나 남은 기러기 알은 담요로 잘 싸 놓았다.

에밀리는 얼음이 녹은 땅에 구덩이를 파고 구덩이 둘레에 돌을 쌓 았다. 그리고 무릎을 꿇고 앉아서 시계 뚜껑으로 마른풀 다발 위에 태양 광선을 모았다. 마른 풀잎이 빨갛게 되더니 불꽃이 일었다. 에밀리는 불에 나무상자 조각과 길게 쪼갠 표류목을 먹였다. 불길이 활활 타올랐다. 에밀리는 불에 돌을 던져 넣고 기다렸다. 돌들이 시뻘겋게 달궈졌다. 에밀리는 기러기를 풀로 싸고, 카약에 있는 물고기를 가져다가 내장을 빼서 마찬가지로 풀에 쌌다. 그리고 기러기와 물고기를 구덩이 속 뜨거운 돌 위에 올려놓고, 그 위를 축축한 풀로 덮었다.

"나는 이 모든 것의 일부야. 풀, 툰드라, 하늘의 새, 특히 바다의 북극고래."

에밀리 투자크는 기러기 고기가 익는 동안 노래를 부르며 식용 녹색식물을 따서 모았다. 그리고 돌이 식었겠다 싶었을 때 고기를 꺼내 덮개를 벗겼다. 에밀리는 기러기 다리 하나를 뜯어내서 한입 베어 물었다. 맛이 기가 막혔다. 에밀리는 배가 부를 때까지 기러기 고기와 생선을 먹었다. 고기에 곁들여 스커비초 잎도 먹고, 개울에서 떠온 시원한 담수도 마셨다.

"나, 잘하고 있어, 시쿠."

에밀리가 말했다. 축축한 바람이 얼굴을 간질였다. 에밀리는 다시 뺨을 만졌다.

해가 낮이나 밤이나 떠 있었다. 그래서 에밀리 투자크는 동물들이 잘 때 따라서 잤다. 정오와 자정에. 어느 날 정오였다. 에밀리는 자려고 누워서, 백인들이 북극 지방에 가져온 생활 주기에 대해 생각

했다. 북극 지방에는 해마다 두 달간의 낮과 두 달간의 밤이 있는데
도, 백인 방식의 근무 시간은 사시사철 엄격히 오전 9시부터 오후 5
시까지였다. 에밀리는 이곳 야생에서는 자신의 세계의 리듬에 따르기
로 했다.

에밀리 투자크는 상쾌한 기분과 맑은 정신으로 잠에서 깼다. 에밀
리는 벌떡 일어나서 기러기 고기와 생선과 소중한 물건들을 챙겨 들
고 다시 카약에 올랐다. 에밀리는 못과 개울을 돌고, 여우 굴을 지
나고, 북극 얼간이새의 울음소리를 들으며 노를 저었다. 에밀리의 기
척에 놀란 얼룩다람쥐들이 강둑을 따라 내뺐다. 에밀리는 그들 모두
의 일부가 된 느낌이었다.

자신이 어김없이 서쪽을 향하고 있는지 확인이 필요했다. 에밀리
는 태양의 움직임을 주시했고, 바람이 항상 동쪽에서 부는지 유념했
다. 태양과 바람이 에밀리의 나침반이었다.

마침내 개울이 넓어져 또 다른 만으로 열렸다. 에밀리는 해변을 걸
어 올라가다가 거대한 뼈 무더기를 발견했다. 오래전 바다에서 쓸려
온 활머리고래의 뼈였다. 에밀리는 고래 뼈가 있는 곳으로 달려갔다.
고래 뼈들이 사방에 흩어져 있었다. 에스키모가 조각품을 만들고 연
장을 만드는 데 쓰는 오래된 뼈들이었다. 에밀리는 고래 뼈 사이를
돌아다녔다. 거대한 턱뼈를 타넘고, 작은 언덕만 한 척추뼈에 털썩
앉기도 했다. 고래 갈비뼈로는 집도 지을 수 있을 정도였다.

"시쿠, 너희 뼈 정말 크다!"

에밀리가 말하며 깔깔대고 웃었다. 그녀는 기러기 고기를 더 먹고, 물을 마시고, 낮잠을 잤다. 햇살 가득하고 바람 잔잔한 한밤중이었다.

에밀리는 졸던 머리가 꾸뻑 떨어지는 바람에 잠에서 깼다. 그녀는 그새 바람의 방향이 바뀌었음을 알아차렸다. 추크치 해에서 구름이 몰려오고 있었다.

'이건 좋지 않은 징조인데.'

에밀리는 걱정이 들어 서둘렀다. 툰드라 초원에서 가까운 해변에 서 있던 고래 등뼈 몇 개를 굴려서 원형으로 배치했다. 그리고 등뼈들을 크고 널찍한 고래 어깨뼈로 덮어서 지붕을 만들었다. 고래 뼈들은 하나같이 무거웠지만, 에밀리는 부지런히 몸을 놀렸다.

어느덧 눈송이가 날리기 시작했다. 에밀리 투자크는 고래 뼈 집을 짓는 데 박차를 가했다. 집 안의 자갈 바닥에 움푹하게 구멍을 파서 그 안에 담요를 깔았다.

집이 강풍에 견딜 만큼 튼튼한지 알아봐야 했다. 에밀리는 밖으로 나가서 상상의 바람 세기만큼 집을 힘껏 밀어 보았다. 그때였다. 파도 속에서 새끼 바다표범 한 마리가 나타나더니 에밀리 쪽으로 올라오는 게 아닌가. 새끼 바다표범은 지느러미 발과 배로 땅을 차면서 성큼성큼 다가왔다. 새끼 바다표범의 눈에서 눈물이 뚝뚝 떨어졌다. 에밀리는 새끼 바다표범을 들어 올려서 꼭 끌어안았다.

"나트치아야아크, 네 엄마는 어디 있니? 폭풍이 오고 있는데."

에밀리가 말했다.

아기 바다표범이 에밀리를 마주 쳐다봤다. 에밀리는 바다표범을 품에 안고 고래 뼈 집으로 기어 들어가서, 바다표범을 안은 채로 담요 위에 앉았다. 아기 바다표범이 꿈틀대는 것을 멈추자 에밀리는 바다표범에게 기러기 가슴살을 먹였다. 아기 바다표범은 게걸스럽게 먹어 치웠다.

바다표범의 몸이 뜨끈뜨끈했다.

"너는 내 탕파야. 요 녀석, 꽤 요긴하겠는걸."

에밀리가 말했다. 에밀리는 새끼 바다표범을 파카 안에 넣었다.

바람이 불어닥쳤다. 하지만 육중하고 거대한 고래 뼈는 바람을 견뎌 냈다.

태풍은 사흘 동안 기승을 떨었다. 사흘이 넘어가자 음식과 물이 바닥났다. 새끼 바다표범이 꿈틀댔다. 녀석은 엄마를 부르는 소리로 울었다.

"시쿠, 녀석의 엄마가 근처에 있나 봐. 녀석은 그걸 아는 거야. 네가 나한테 녀석을 그만 보내 주라고 말하는 게 느껴져."

에밀리가 말했다.

집 입구는 얼음과 눈으로 더께가 끼듯 막혀 있었다. 에밀리는 발로 있는 힘껏 차서 눈 더께를 부쉈다. 입구가 뻥 뚫리자 햇살이 쏟아져 들어왔다. 백금색 햇살이 아름다웠다. 에밀리는 아쉬움을 누르며 '탕파'를 자갈 위에 놓았다. 자유의 몸이 되자 녀석은 왔던 때처럼 성큼성큼 물가로 내려갔다.

"나트치아야아크, 아직 가지 마."

하지만 녀석은 뒤도 돌아보지 않고 가 버렸다.

머리 두 개가 파도를 헤치고 멀어져 갔다. 큰 머리 하나, 작은 머리 하나. 에밀리는 미소 지었다.

에밀리 투자크는 소지품을 챙겨서 담요로 동여매고 다시 툰드라로 걸었다.

26

땅 위에서

– 1980년 –

해변을 따라 절벽이 늘어서 있었다. 에밀리 투자크는 절벽을 기어 올라 사방을 둘러보았다. 근처에 카리부 한 마리가 무리와 떨어져 서 있는 게 보였다. 에밀리는 몸을 숙였다. 카리부가 자신을 발견하고 도망칠까 봐 떨렸다.

에밀리는 무릎을 꿇고 네 발로 카리부에게 다가갔다. 가까이 가 보니 카리부는 머리를 수그린 채 다리를 절고 있었다. 뛰지 못하는 놈이었다. 녀석이 비틀대다 넘어질 때까지 기다려나 하나? 아니, 에밀리에게는 기다릴 시간이 없었다. 에밀리는 카리부를 향해 살금살금 기어갔다. 가면서 저렇게 큰 동물을 달랑 칼 하나로 어떻게 죽일지 궁리했다.

어디선가 선율이 있는 울음소리가 들렸다. 에밀리는 고개를 들었다. 둥근 지평선을 따라 늑대 다섯 마리가 기다란 다리로 껑충껑충 움직이고 있었다. 에밀리는 움직임을 멈췄다. 지켜보기로 했다. 줄행랑을 치는 것은 늑대에게 나를 추적하라고 초대하는 것과 다름없었다. 바람이 늑대 쪽에서 에밀리 쪽으로 불고 있었다. 에밀리의 체취가 늑대에게 닿을 일은 없었다. 일단은 안전했다.

그런데 갑자기 재채기가 나오려고 했다. 에밀리는 코를 틀어쥐고 이끼 속에다 "에취!" 했다. 파카에 달린 털 사이로 가만히 훔쳐보니, 에밀리가 재채기하는 순간 늑대들이 카리부를 공격했고, 에밀리의 재채기 소리는 다행히 늑대들의 으르렁 소리에 묻혔다.

늑대들의 관심은 오로지 먹이를 얻는 데 있었다. 늑대들은 카리부를 오래 고통스럽게 하지 않고 단숨에 죽였다. 무시무시한 아가리로 뼈를 박살내고, 가죽을 찢고, 간에 있는 비타민을 섭취했다. 그다음에야 고기를 먹었다. 배불리 먹은 늑대들은 다시 지평선 너머로 사라졌다. 지평선 너머 어딘가에 늑대 굴이 있고, 늑대 새끼들이 있었다.

에밀리 투자크는 벌떡 일어나서 카리부의 사체로 달려갔다. 에밀리는 남은 고기를 큼지막하게 여러 조각 잘라 낸 다음, 짐을 챙겨서 걸음아 나 살려라 뛰기 시작했다. 늑대들이 죽인 카리부에서 멀리멀리 떨어지기 전까지는 결코 멈출 마음이 없었다. 늑대 얘기는 많이 들었지만 늑대들이 착하다는 말은 듣지 못했으니까.

에밀리는 만 옆의 캠프로 돌아오자마자 쭈그리고 앉아서 구덩이를 파서 화덕을 만들었다. 얼른 불을 피워서 카리부 고기를 맛나게 구울 맘밖에 없었다. 표류목이 해변에 잔뜩 널려 있어서 불을 활활 지피고도 남았다.

"시쿠, 고마워. 네가 정말로 나를 지켜주고 있구나."

에밀리는 사방을 둘러봤다. 땅은 여전히 끝 간 데가 없었다. 황량한 공간에서 새들이 울고, 늑대들이 울부짖었다. 그런데 무언가가 달라져 있었다. 에밀리의 어깨를 짓누르던 무게가 사라졌다. 에밀리는 몸을 빙 돌려 만의 앞바다를 마주했다.

"시쿠!"

에밀리는 부르고 나서 몇 분 동안 조용히 기다렸다. 아무런 대답이 없었다. 시쿠는 먼 곳에 있었다. 하지만 그의 영혼은 이곳에, 에밀리와 함께 있었다.

에밀리는 일어서서 바다를 향해 두 팔을 한껏 뻗었다.

시쿠, 시쿠,

샤먼의 저주는 풀렸어.

완전히 사라졌어.

아이에, 아이에, 아이에.

샤먼의 저주는 바람에 날려갔어.

아이에, 아이에, 아이에.

에밀리가 배에서 떨어진 지 3주가 흘렀다. 고기가 익었다. 에밀리는 고기를 먹었다. 그리고 잠잤다. 그리고 다시 일어나서 북쪽을 향해 해안을 올라갔다.

27

바다 위에서

- 1980년 -

기선 노스스타 호는 북쪽으로 항진해서 베링 해협을 통과해 북극 해로 들어갔다. 6월이었다. 선장 톰 보이드 5세가 거센 바람을 맞으며 갑판에 서 있었다.

"이 얼마나 아름다운 풍경이냐."

선장이 자신의 스물두 살 난 아들 월에게 말했다. 월은 이 배의 일등 항해사이기도 했다. 보이드 선장이 껄껄 웃었다.

"우리 선조들 같으면 북극을 두고 아름답다는 말은 절대 안 했을 거다. 선조들한테는 공포의 바다였겠지. 1848년에 고작 돛단배로 베링 해협의 저 무시무시한 섬들을 지나 얼음으로 뒤덮인 바다로 들어갔다고 생각해 봐라!"

월은 고개를 끄덕이며 쌍안경으로 북극의 새들을 관찰했다. 그가 열중하는 관심사는 새들이었다. 그는 눈앞의 처음 보는 새들에 정신이 팔렸다. 바다오리, 슴새, 솜털오리, 작은바다쇠오리 등등 종류도 다양했다.

"활머리고래 수가 늘었으면 좋겠다. 지금은 정해진 에스키모 공동체 말고는 아무도 활머리고래를 잡을 수 없어."

보이드 선장이 말했다.

미국이 최근에 멸종 위기 동식물 보호법을 제정했고, 고래들도 멸종 위기종 명단에 들어 있었다.

보이드 선장은 해도실로 돌아가서 조타기를 잡았다. 배의 방향을 북부 알래스카 서해안으로 잡았다. 그의 화물선은 1년 전에 에스키모들이 카탈로그로 주문한 물품을 싣고 가는 중이었다.

웨인라이트에 가까워지자 해빙들도 뜸해졌다. 해빙들이 사라지니 바다표범과 바다코끼리도 더는 보이지 않았다. 날개 길이가 1미터가 넘고 통통하게 생긴 풀머갈매기들이 추크치 해상을 맴돌며 물고기를 사냥하고 있었다. 기러기들 사이로 어린 흑기러기, 노란부리얼간이새, 솜털오리들이 날아다녔다. 새들은 8월의 계절 이동에 대비해 날개의 힘을 키우고 있었다. 도요새들이 일렬종대로 바닷물로 들어갔다 나왔다 하며 먹이를 잡았다. 살금살금 걷는 품이 재미있었다. 윌은 새들에게 완전히 마음을 뺏겼다. 그는 아버지가 6년 전 처음 노스스타 호의 선장이 됐을 때부터 이 새들을 직접 보게 될 날을 기다려 왔다. 아버지에게 들었던 북극의 야생 세계는 그를 매료시켰다. 월은 그때부터 마음먹었다. 그는 북극의 조류 연구에 몸담을 작정이었다.

보이드 선장은 해안가 타운 올구니크에 닻을 내렸다. 올구니크는 웨인라이트의 옛 지명이었다. 이곳 에스키모가 주문한 물건들을 해안에 부려 놓고 보이드 선장은 계속해서 배로우를 향해 항해했다.

배로우 타운에는 항만이 없었기 때문에, 보이드 선장은 해안에서 좀 떨어진 깊은 바다에 닻을 내렸다. 배가 고정되자 그는 갑판 난간에 기대서서 인부들이 화물을 부리는 광경을 지켜봤다. 인부들이 모터 보트들에 짐을 옮겨 싣고, 모터 보트들이 배로우 해변까지 짐을 날랐다.

월도 아버지 옆으로 왔다. 그는 난간에 몸을 기대고 배로우로 향하는 갖가지 화물 상자들을 구경했다. 가스 스토브와 테이블 램프 등등 없는 게 없었다. 사람들은 에스키모가 전통 방식을 고수하며 살 거라 생각하지만, 월은 그들도 이제는 남들과 마찬가지로 문명의 이기를 갖추고 산다는 것을 알고 있었다.

보이드 가문은 원래 대대로 양키 고래잡이였다. 하지만 포경업이 소멸되면서 상업 해운업으로 전환했다. 그들은 목적은 달라졌지만 계속 북극해로 왔다. 북극 여정은 가문의 업이었다. 하지만 월은 선박보다 동물학에 관심 있었다. 그는 코넬 대학교에서 조류학을 전공했고, 해운 무역상으로 북극에 온 게 아니라 조류학자로서 왔다. 아버지가 북극해로 출항할 때마다 함께 동행하는 것이 그의 낙이었다.

윌은 갑판에 걸린 온도계를 힐긋 보았다. 영하 1도였다. 지금은 8월 말이었다.

"삼복에 영하라니."

윌이 웃었다.

"여기서는 흔한 늦여름 날씨야."

보이드 선장이 대꾸했다. 그리고 선원 한 명에게 말했다.

"뭍으로 갈 모터 보트 하나 대 주게."

선장이 싱긋 웃었다.

"배로우에 가서 '탑 오브 더 월드' 호텔 멕시코 음식점에 가자. 거기 부리토가 알래스카에서 최고야."

VHF 무전 수신기에서 고래사냥 팀이 배로우 타운으로 무전 치는 소리가 잡혔다. 수마일 밖 해상에서 어린 활머리고래 한 마리를 성공적으로 포획했음을 알리는 내용이었다. 배들이 다 달라붙어도 고래를 해변으로 끌고 오는 것은 몇 시간이나 걸리는 일이었다. 고래가 해변에 도착하면, 마을 공동체가 감사의 마음으로 함께 나누는 절차가 기다렸다. 노스스타 호의 선원들은 자세한 내용을 듣기 위해 무전기 주위로 모였다.

"우리도 고래 인양하는 거 보러 가요."

윌이 말했다.

모터 보트가 도착했다. 둘은 뭍으로 향했다.

28

땅 위에서

– 1980년 –

월은 아버지와 마을 북단으로 걸어갔다. 두 사람도 마을 사람들
이 40톤짜리 고래를 뭍으로 끌어올리는 일에 힘을 보탰고, 그 후에
도 계속 남아서 고래 해체 작업을 구경했다. 고래 고기, 마타크(고래
가죽과 지방층), 고래수염이 차례차례 썰매에 실렸다. 주민들은 기쁨
에 차서 각자의 몫을 가지고 집으로 갔다. 활머리고래 고기보다 좋
은 먹을거리는 없었다. 고래가 모두 배분되고, 마을 여인들이 뼈에
남아 있는 마지막 살점까지 모두 발라내자, 월은 쌍안경을 꺼내 들
고 다시금 조류 관찰에 들어갔다. 갑자기 북극큰매 한 마리가 들꿩
을 쫓아서 그의 앞을 가르며 날아갔다.

"아버지, 저는 해변에 좀 더 있을래요. 구경 좀 하게요."

월이 아버지에게 외쳤다. 아버지는 벌써 레스토랑으로 향하고 있었다.

"알았다. 구경 마치면 무전 쳐라. 모터 보트 보내 줄 테니."

월은 처음 보는 새들과 만날 생각에 들떠서 걸음을 옮겼다. 차 한 대가 옆에 서더니 교역소까지 태워 주겠다고 했다. 아닌 게 아니라 걷고 있으니 추웠다. 월은 얼른 차에 올라타고 교역소로 갔다. 그는 교역소로 들어가 커피를 한 잔 시켰다. 얼마 안 가 그는 배로우에서 멀리 떨어진 석유 굴착지에서 일한다는 남자와 이야기를 나누게 됐다. 석유 탐사 프로젝트의 복잡성에 매료된 월은 질문을 퍼부었다.

"저기, 마침 내가 굴착지에 갈 일이 있어요. 세스나 경비행기로 갈 건데, 몇 시간 걸려요. 원하면 같이 가 볼래요?"

남자가 말했다.

월은 초대를 즉각 수락하고 아버지에게 무전을 쳐서 알렸다. 경비행기 조종사가 월에게 따뜻한 파카와 부츠를 빌려주었다. 둘은 심슨 곳으로 날아갔다.

경비행기가 어느 외딴 가설 활주로에 닿았다. 월은 경비행기에서 내리면서 희귀한 왕눈물떼새가 날아가는 것을 보았다.

"우와, 괜찮으시다면 저는 저 새를 따라가 봐야겠어요. 처음 보는 새라서요."

월이 조종사에게 말했다.

"좋아요, 하지만 굴착기가 보이는 데서 벗어나진 말아요. 두 시간 후에 이곳에서 만납시다."

왕눈물떼새는 이 지방에서도 극히 드문 새였다. 윌은 앞뒤 잴 것 없이 방금 본 새를 쫓아갔다. 그러다 보니 어느새 광활한 툰드라에 나와 있었다.

그때 갑자기 안개가 밀려들었다. 윌은 방향 감각을 잃었다. 화이트아웃(눈이나 안개에 의한 난반사로 천지가 온통 하얗게 보여 방향 감각이 없어지는 상태)은 북극 지방에서 조심해야 할 위험 중 하나였다. 그는 태양을 찾아서 방향을 잡으려 했지만 소용없었다. 안개가 너무 짙었고, 북극에서는 해 지는 방향으로 서쪽을 가늠하기도 어려웠다. 언젠가 그의 아버지는 북극에서는 해가 북쪽으로 진다고 했다. 그렇다면 석유 굴착지가 어느 방향이었더라? 새들이 굴착지 방향으로 날아갔나, 아니면 반대쪽으로 날아갔나?

윌은 북쪽을 쳐다봤다. 아무것도 없었다. 그는 완전히 한 바퀴 돌면서 살폈다. 아주 잠깐이었지만 멀리 지평선 위에 굴착기 폴과 크레인이 얼핏 보였다. 안개가 또다시 빠르게 몰려왔다. 윌은 아까 보았던 석유 굴착기 쪽으로 나름 방향을 유지하려 애쓰며 몇 시간을 걸었다. 하지만 안개가 다시 걷혔을 때 굴착기는 아무 데도 보이지 않았다. 그동안 엉뚱한 방향으로 걸었던 것이다. 그는 완전히 길을 잃었다.

그때 멀리 에스키모의 형체가 보였다. 에스키모는 윌이 있는 쪽으로 다가오고 있었다. 윌은 안도의 숨을 내쉬었다. 저 사람에게 물어보면 세스나가 착륙한 활주로로 돌아갈 수 있겠지. 윌은 기다렸다.

에스키모의 형체가 보따리를 짊어진 젊은 여자의 모습이 되었다. 그는 급한 마음에 먼저 여자에게 뛰어갔다.

"도와주세요. 길을 잃었어요."

윌이 말했다.

"저도요!"

에밀리가 말했다.

둘은 놀란 눈으로 서로를 쳐다봤다. 둘의 얼굴에 미소가 떴다가 웃음으로 터졌다. 에밀리의 얼굴은 햇볕에 타서 가무잡잡했다. 웃는 입 사이로 아름다운 이가 드러났고, 검은 눈은 반짝거렸다.

"저기 봐요! 저거 혹시 석유 굴착기예요?"

에밀리가 멀리 하늘과 맞닿은 곳에 아련하게 보이는 물체를 가리켰다. 윌이 몸을 돌렸다.

"맞아요, 맞아요."

윌이 말했다. 그는 그쪽으로 걷기 시작했다. 그러다 머뭇대며 멈춰섰다.

"잠깐만, 저거 신기루 같아요. 이쪽으로 가는 게 맞아요."

윌이 말했다. 그러더니 잘못된 방향으로 걷기 시작했다.

에밀리는 윌의 어깨를 잡았다. 그리고 그를 돌려세워 멀리 보이는 굴착기를 마주 보게 했다.

"걸어요."

에밀리 투자크가 명령했다. 그녀는 윌의 손을 잡아끌었다.

"나는 에밀리 투자크예요."

월은 발이 시리고 아팠다. 하지만 떨어지지 않는 발을 끌고 터벅터벅 굴착기를 향해 걸었다. 걸어가면서 에밀리 투자크는 월에게, 고래를 길잡이 겸 길동무 삼아 3주 동안 툰드라에서 지냈던 놀라운 이야기를 해 주었다. 월은 에밀리의 이야기를 들으며 자신이 길을 잃었다는 사실을 잊었다. 그는 에밀리가 야생에서 거의 한 달이나 실종 상태였을 줄은 꿈에도 몰랐다. 에밀리는 그런 상황에 처한 사람치고 이상하게 평온하고 담담했다. 둘이 한 걸음 한 걸음 내디딜 때마다 석유 굴착기가 점점 커지고 점점 또렷해졌다.

두 사람은 마침내 활주로에 다다랐다.

"그러니까, 활머리고래가 구해 주었다?"

활주로로 접어들 때 월이 물었다.

에밀리가 월의 눈을 똑바로 보면서 대답했다.

"그래요. 그리고 이렇게 문명 세계로 돌아왔어요. 이제 무전으로 부모님께 내가 무사하다는 걸 알려야겠어요."

에밀리가 미소 지었다. 백만 마디 말보다 강렬한 미소였다.

월은 에밀리의 이야기를 믿었다. 북극은 그가 보았던 그 어느 곳과도 달랐다. 이곳에서는 어떤 일도 일어날 수 있을 듯싶었다.

경비행기 조종사가 몇 시간이나 늦은 승객을 끈기 있게 기다리고 있었다. 조종사는 청년이 안개 속에 실종된 줄 알고 걱정 중이었다. 그도 이 땅에서 자칫 방심하면 무슨 일이 닥치는지 잘 알고 있었다.

조종사와 에밀리와 윌은 세스나 경비행기에 올라탔다. 세스나가 서쪽을 향해 날아올랐다.

경비행기가 배로우 활주로를 미끄러지다가 멈춰 섰다. 윌이 먼저 내렸다. 그는 에밀리 투자크에게 손을 내밀었다. 그런데 에밀리는 뒤따라 내리지 않고 눈을 감은 채 그냥 앉아 있었다. 그의 귓가에 그녀가 "시쿠."라고 속삭이는 소리가 들렸다.

에밀리 투자크는 눈을 떴다. 그리고 파카 후드를 머리에 덮어쓰고 비행기에서 내렸다. 에밀리는 활주로를 천천히 가로질러 승객 터미널로 갔고, 계단을 올라가 건물 안으로 들어갔다. 에밀리는 기쁨의 비명을 지르며 앞으로 달려갔다. 엄마, 아빠, 베니 아저씨, 베니 아저씨 아들 제임스와 올리버가 공항에 나와 있었다. 경비행기 조종사가 미리 무전을 쳐서 에밀리가 건강한 상태로 발견됐다고 알렸고, 공항이 곧장 에밀리의 부모에게 연락했던 것이다. 배로우는 작은 타운이었다.

가족과 친지 수십 명이 집에 모여 있다가 에밀리를 맞았다. 에밀리도 사랑하는 사람들 곁으로 돌아온 기쁨에 마음이 벅찼다. 마을 전체가 들썩들썩했다. 에밀리의 엄마는 카리부 정강이를 구웠고, 올여름에 딴 베리를 꺼냈다. 에밀리는 툰드라에서 마지막으로 먹었던 카리부 고기와 식물들을 떠올렸다. 식사가 끝나자 에밀리 투자크는 차분한 목소리로 자신의 모험담을 전했다.

에밀리의 이야기가 끝나자 로버트 투자크는 딸의 손을 잡았다.

"에밀리 투자크, 정말로 시쿠가 부빙을 해변으로 밀고 갔고, 네 목숨을 구했다고 생각하니?"

로버트가 물었다.

"그럼요. 저주는 풀렸어요."

에밀리가 대답했다. 물론 마음속으로 그것은 처음부터 저주가 아니었다고 믿었다.

"시쿠와 저는 서로를 구했어요."

잔치는 쉽게 끝나지 않았다. 베니는 밤이 깊도록 댄스 드럼을 두들겼다.

며칠 후, 윌은 미 해군 북극 연구소에 지원해서 직장을 잡았다. 그리고 몇 년 후, 윌과 에밀리 투자크는 결혼했다.

두 사람은 첫아들의 이름을 고래라는 뜻의 아그비크로 지었다. 이름 뒤에 더는 숫자를 달지 않았다. 투자크 저주는 이미 풀렸다. 이때가 1989년이었다.

29

땅 위에서

– 2005년 –

토미 보이드 선장의 둘째 손자 티제이는 알래스카 항공 제트 여객
기의 출입구에 서서 배로우를 바라보았다. 황량한 풍경 안에는 나무
한 그루 없었다. 전신주들과 작은 회색 목조 건물들이 황량한 땅을
지배했다. 노란색 또는 파란색 집들이 꽃처럼 점점이 박혀 있을 뿐이
었다. 저 멀리 마을 회관 앞에, 활머리고래의 턱뼈가 행인들을 난쟁이
로 만들며 높다랗게 서 있었다. 여기저기서 아직도 눈발이 날렸다.

반대편 광경은 또 달랐다. 언뜻언뜻 풀이 보이는 눈 덮인 툰드라
초원이 지평선까지 평평하고 한없이 펼쳐져 있었다.

"빨리 좀 내립시다. 추워요!"

다른 승객이 재촉했다. 비행기 출입문과 연결된 층계를 내려가면
활주로였다.

티제이는 비행기 계단을 달려 내려갔다. 그는 몸이 날아갈 정도의 강한 돌풍에 비틀거렸다. 눈발이 살을 에는 것 같았다. 티제이는 파카 후드를 덮어쓰고 목을 움츠렸다. 그는 중심을 잃지 않으려 용을 쓰며 터미널 빌딩의 계단으로 향했다. 계단은 구멍이 숭숭 난 철망으로 돼 있어서 얼음과 눈이 계단에 쌓이지 않고 밑의 땅으로 떨어졌다. 사람이 따로 계단 눈을 치울 필요가 없다는 얘기였다. 그 점은 티제이의 맘에 들었다.

"이게 5월 날씨란 말이야?"

티제이가 바람에 대고 외쳤다.

터미널 안은 상당히 현대적이었다. 승객들 모두 털가죽 옷과 두꺼운 부츠로 중무장했다. 북극의 흔한 일상이었다.

소년 한 명이 티제이에게 걸어왔다.

"안녕. 매사추세츠에서 온 티제이 보이드 맞지?"

소년이 손을 내밀었다.

"나는 네 사촌 형, 아그비크 보이드야."

티제이는 눈을 가늘게 떴다. 자신이 배로우에 온 게 새삼 실감났다. 가족에게 북극 얘기는 종종 들었다. 특히 여기 산다는 사촌 형 아그비크 얘기를 많이 들었다. 이제 생전처음으로 북극 친척 중 한 명을 만나는 순간이었다. 그는 마땅히 할 말도 떠오르지 않았다.

"짐 찾으러 가자. 연구소 트럭을 밖에 세워 두었어. 여기까지 여행하느라 피곤하겠다."

아그비크가 말했다.

"가자."

티제이는 커다란 더플백을 집어 들었다. 다른 하나는 아그비크가 들었다.

둘은 터미널 정문 계단을 저벅저벅 내려가 트럭으로 갔다. 둘의 부츠가 추위에 삐걱댔다. 아그비크가 티제이에게 트럭에 타라는 손시늉을 했고, 본인도 트럭을 빙 돌아서 운전석에 올라탔다.

트럭 안은 난방 중이었다. 하지만 티제이는 연구소에 도착할 때까지 계속 떨었다. 연구소 옆 바다는 아직도 얼어붙어 있었다. 이날은 5월 2일이었다. 기온은 영하 11도였다. 둘은 발을 쾅쾅 굴러서 부츠에 붙은 눈을 털고 연구소 빌딩 안으로 들어갔다.

아그비크가 말했다.

"너도 연구소에서 나랑 함께 지낼 거야. 대학생들이 쓰는 숙소를 같이 써. 여기서 활머리고래 개체수를 세는 대학생들."

"우리도 여기서 그 일을 하는 거야?"

티제이가 물었다. 아그비크의 아버지는 조류학자지만, 고래를 연구하고 고래의 노래를 기록하는 과학자들과 함께 일했다.

"맞아, 하지만 당분간은 숙소에 너랑 나랑 둘뿐이야. 따라와."

티제이는 더플백을 집어 들고 아그비크를 따라서 어두운 복도를 지나 2층 침대가 즐비한 방으로 들어갔다.

"비어 있는 침대 중에 아무거나 골라."

아그비크가 손을 휘둘러 빼곡하게 들어찬 침대들을 가리켰다. 티제이는 비어 있는 침상 중 하나에 더플백을 던지고 파카를 벗었다.

"먹으러 가자."

아그비크가 말했다.

그는 티제이를 데리고 다시 복도를 지나 널따란 주방으로 갔다. 주방에는 난로와 냉장고와 기다란 테이블과 의자들, 그리고 온갖 종류의 식료품이 있었다.

"여기는 자급자족이야."

아그비크가 이렇게 말하고 씩 웃었다. 들쑥날쑥한 앞머리 밑에서 검은 눈이 반짝거렸다. 티제이가 보기에도 아그비크의 얼굴은 다른 에스키모보다 갸름했다. 아그비크의 얼굴은 보이드 집안의 얼굴과 많이 비슷했다. 그도 그럴 것이 아그비크의 아버지와 티제이의 아버지는 친형제였다.

근처에서 VHF 무전 수신기가 치직거렸다.

"아이스 캠프에서 부르는 소리야. 거기서 고래 수를 세."

아그비크가 설명했다.

티제이는 어리둥절한 표정이 됐다. 아그비크가 그 표정을 읽었다.

"해안 근처 얼음 위에 탐사 캠프가 있어. 바다 바닥까지 얼어붙어서 오도 가도 못하는 얼음이야. 올해는 얼음 두께가 1미터밖에 안 되지만 안전에는 문제없어."

아그비크는 또 씩 웃었다. 고래 수를 세는 사람들이 다른 주에서 온 과학자들만은 아니었다. 알래스카 에스키모들도 고래 개체수가 증가하는지 감소하는지, 아니면 현상을 유지하는지 관심이 많았다.

"이제 뭐 하고 싶어?"

아그비크가 물었다.

갑작스런 피로감이 티제이를 덮쳤다. 그도 그럴 것이, 티제이는 거의 24시간이나 여행했다.

"자러 갈래. 자정이 다 됐어!"

티제이가 말했다.

"좋아, 첫 번째 요령. 이 스키 모자를 눈까지 푹 덮어쓰고 깜깜한 밤인 척한다."

아그비크가 웃으며 말했다.

아그비크는 티제이에게 모자를 던져 주었다. 티제이는 옷을 입은 채로 침대에 털썩 드러누웠다.

티제이가 잠에서 깼을 때 아그비크는 없었다. 아그비크가 없으니 막막했다. 하지만 꼬르륵대는 배가 할 일을 알려 주었다. 티제이는 주방으로 가서 시리얼을 한 그릇 부었다. 그는 각종 연장과 데이터 시트와 전자 부품과 연필과 장비들이 잡다하게 흩어진 커다란 나무 탁자에 앉아서 시리얼을 먹었다.

"일어났구나."

아그비크가 주방에 들어왔다.

"티제이, 아이스 캠프로 나가 볼래?"

"우와, 그거 좋지."

티제이는 드디어 북극을 제대로 보겠다는 생각에 가슴이 뛰었다.

둘은 옷 위에 방한용 공군 점프 슈트를 겹쳐 입고, 바람이 몰아치는 바깥으로 걸어 나갔다. 제설기에 연결된 썰매가 둘을 기다리고 있었다. 티제이는 차가 아니라 썰매에 타라는 말을 듣고, 머뭇머뭇 올라타서 뒤편 핸들을 꼭 붙잡았다. 따뜻한 털가죽 옷을 입은 과학자 두 명도 다른 썰매에 올라앉았다. 과학자들은 뭔가 값비싸 보이는 장비를 쿨러에 담아서 들고 왔다. 여기서 쿨러는 냉각용이 아니라 냉각 방지용이었다.

썰매가 훌러덩 출발했다. 썰매는 반원형 막사들 사이를 날쌔게 빠져나가 길을 가로질러 해안 정착빙으로 올라갔다. 일행은 얼어붙은 북극해 위를 내달렸다. 티제이로서는 얼음 두께가 1미터가 넘고 절대적으로 안전하다고 한 아그비크의 말을 굳게 믿을 따름이었다.

썰매는 푸르스름한 얼음덩어리들을 피해 덜컹덜컹 달렸다. 티제이는 사방으로 펼쳐진 하얀 황야에 넋을 잃었다. 이제 썰매는 굉음을 내며 아이스 트레일을 구불구불 내려갔다가, 얼음 등성이를 요동치며 타넘은 뒤, 얼어붙은 호수처럼 평평한 해빙 위를 부드럽게 달렸다. 그렇게 6마일을 달리고 나서 그들은 탐사 캠프에 다다랐다. 캠프에는 텐트 세 채가 있었고, 썰매 위에 나무로 지은 작은 이동 실험실이 있었다. 텐트들은 바람을 피해 얼음마루 뒤편에 자리했다.

티제이는 썰매에서 내렸다. 이제 살았다 싶었다. 얼음마루 반대편 빙붕 위에 에스키모의 고래잡이 캠프가 있었다. 티제이는 거대한 얼음마루에 말을 잃었다.

얼음을 가로질러 가벼운 바람이 불었다. 티제이가 텐트 주변을 다 돌아보기도 전이었다. 가볍게 불던 바람이 서향 돌풍으로 바뀌었다.

"캠프를 걷어요!"

무전기에서 에스키모의 외침이 들렸다. 그러자 별안간 모든 사람이 후다닥 움직이기 시작했다. 학생들이 텐트를 접고 장비들을 스노모빌에 연결된 썰매들에 실었다. 학생 한 명이 이동 실험실 썰매를 자신의 스노모빌에 연결하고 쌩하니 떠났다.

쿵! 묵직한 충격음이 울렸다. 두꺼운 총빙이 그보다 얇은 해안 정착빙을 들이받았고, 그 충격에 얼음이 포개지고 으깨지면서 새로운 얼음마루가 형성되기 시작했다.

벌써 썰매에 올라탄 과학자 한 명이 티제이의 파카를 덥석 잡아서 티제이를 자기 옆자리로 끌어올렸다. 썰매는 그 즉시 덜컹하고 출발했다. 티제이가 서 있던 자리에 금이 가더니 얼음이 갈라지면서 바다가 텅 빈 과학 캠프를 집어삼켰다.

썰매는 새로운 캠프 사이트를 향해 날듯이 달렸다.

과학자가 말했다.

"여기서는 무조건 에스키모가 하라는 대로 해야 돼. 정착빙 끝에 캠프를 쳤던 에스키모들이 우리가 도착하기 전에 일지를 남겼어. 에스키모는 저런 바람의 위험을 알았던 거지, 나는 몰랐고. 에스키모처럼 캠프를 빨리 접는 법도 배워야 돼. 에스키모는 5분이면 끝이야."

"하지만 충돌 전까지 아주 잔잔하고 좋았잖아요."

티제이가 말했다.

한 시간 후, 일행은 새로운 캠프 사이트를 찾았다. 학생들이 텐트를 치기 시작했다.

티제이도 썰매에서 텐트를 하나 끄집어 내려 설치했다. 티제이가 세운 텐트는 4인용 취침 텐트였다. 티제이는 뭐가 더 필요한지 살피다가 텐트 안에 커다란 침낭을 끌어다 놓았다.

티제이보다 앞서 출발했던 대학생들이 이미 식량 텐트를 세웠고, 지금은 이동 실험실을 놓을 곳을 찾아 얼음을 살피고 있었다. 이동 실험실은 열린 바다에 가까이 위치해야 수중청음기가 활머리고래가 의사소통에 사용하는 다양한 소리를 채취해서 녹음할 수 있었다. 삑삑 우는 소리, 날카롭게 내지르는 소리, 으르렁거리는 소리, 끙끙대는 소리 등등. 그러면서도 물에서 어느 정도는 떨어져 있어야 언제 어떻게 움직일지 모르는 해빙에 대처할 수 있었다. 티제이가 보기에도 해빙 위에 캠프를 치는 것은 까다롭고 위험한 일이었다.

15분이 흘렀다. 무전 수신기가 치직대더니 학생 대원의 목소리가 흘러나왔다. 수중청음기가 바닷속에 내려갔으며, 아이스 캠프가 다시 가동되기 시작했다는 연락이었다.

오하이오에서 온 대학생 레이가 말했다.

"정말 아슬아슬했어. 우리가 얼음 바다의 위험을 에스키모 사냥꾼들만큼 잘 안다고 생각했던 게 실수였어."

레이는 잠깐 생각하다 말을 이었다.

"거기다 에스키모는 우리보다 고래를 훨씬 많이 봐. 심지어 쌍안경도 없이 말이야."

"어떻게 그럴 수 있죠?"

티제이가 물었다.

"수천 년 동안의 경험이지. 에스키모는 지식을 입에서 입으로 대를 이어서 전수해."

레이가 말했다.

"우리 가족도 옛날에는 고래잡이였어요. 이제는 이게 고래를 보는 새로운 방법 같아요. 귀로 보는 거요."

티제이가 말했다.

티제이와 그의 사촌은 고래 탐사 캠프에서의 긴 하루를 마치고 밤에야 연구소로 돌아왔다. 티제이는 녹초가 돼서 스키 모자를 눈까지 푹 눌러쓰고 잠이 들었다.

30

바닷속에서

– 2005년 –

"‿⋏⋏⋀⋀⋀‿⋏⋀⋀⋀ !!!!!!!!!!!!!"

연장자 고래 ⟍⟍⟍⋀⋀⋀⟍⟍⟍ 가 날카롭게 외쳤다. 그는 들리는 거리 내에 있는 모든 고래에게 '위험한 적 출현' 경고를 보냈다.

어린 고래 몇몇이 이 경고를 들었다. 당황한 어린 고래들은 범고래가 몰려온다고 생각하고 허둥지둥 연장자 고래에게 헤엄쳐 왔다.

하지만 ⟍⟍⟍⋀⋀⋀⟍⟍⟍ 가 의도한 경고는 범고래의 접근이 아니었다. 지금 닥치려는 위험은 마땅히 설명할 '말'이 없었다. 지금의 위험은 총알처럼 생긴 검은 배들이었다.

우르릉 쾅! 우르릉 쾅쾅!

상대는 인공적으로 지진파를 일으키는 에어건을 장착한 배들이었다. 에어건이 쏜 인공지진파가 대양 바닥에 부딪혀서 올라오는 소리와 속도로 석유 매장 여부를 파악하는 것이었다. 이 굉음들이 고래의 귀를 상하게 하고 그들의 방향 탐지 능력을 훼손시켰다.

〰〰〰 도 이 지역에 있었다. 그는 배들을 살피려고 물 위로 뛰어올랐다. 그가 다시 물로 떨어질 때, 에어건 굉음이 날카로운 불처럼 그를 덮쳤다. 북극해의 익숙한 소리들이 갑자기 들리지 않았다. 게들이 딸깍이는 소리도, 물고기들이 뻐끔대는 소리도, 바다표범이 꿀럭이는 소리도 들리지 않았다. 그는 혼란에 빠졌다. 몇 해 전에는, 연안류를 찾아가던 어린 암컷 고래 하나가 방향 감각을 잃고 대형 함선의 프로펠러로 헤엄쳐 들어가 죽기도 했다. 대형 선박들은 고래들에게 치명적이었다.

〰〰〰 는 이 소음이 자신이 감각마저 흐트러뜨리고 있음을 깨달았다. 그는 잘못된 방향으로 가고 있었다. 그는 돌아섰다. 그러자 눈앞에 유정탐사선이 버티고 있었다. 겨울마다 등장하는 쇄빙선도 견뎌 냈던 그였다. 이제는 항공기 소리에도 적응했다. 하지만 인공지진파 에어건 소리는 고통 그 자체였다.

고래 무리가 〰〰〰 와 합류했다. 그들은 공기 폭탄을 쏘아 대는 유정탐사선으로부터 멀리멀리 벗어날 때까지 쉼 없이 헤엄쳤다. 그때였다. 〰〰〰 는 늙은 고래 〰〰〰 의 목소리를 들었다. 늙은 고래가 그에게로 오고 있었다. 그런데 늙은 고래의 움직임이 이상했다. 몸을 힘없이 좌우로 흔들면서, 멈췄다가 불쑥 오다가를 반복했다. 인공지진파 굉음이 그의 연로한 청력을 완전히 망가뜨린 것이었다. 늙은 고래는 균형 감각을 잃고 헤엄도 제대로 못 치고 있었다. 그는 고통에 찬 포효를 내질렀다.

　∿∧∧∧∧∿∧∿ 는 늙은 고래의 앞에 위치해서, 그를 좀 더 얕은 해안류로 인도했다. 둘은 거기서 다른 고래들과 합류해서, 배로우를 지나 줄줄이 동쪽으로 이동했다.

　∿∧∧∧∧∿∧∿ 는 해안류를 타면서 따뜻한 물줄기를 느꼈다. 태평양을 떠나 베링 해협을 통과해서 북극해로 흘러들어 온 가느다란 난류였다. 지금까지 150년을 살면서 태평양 해류를 수없이 접했지만 이 정도로 따뜻한 태평양 해류는 처음이었다. 그의 바다가 변하고 있었다.

31

바다 위에서

- 2005년 -

"지금 입은 파카 위에다 이 흰색 파카를 덧입어. 그러면 고래들의 눈에 띄는 걸 방지할 수 있어."

아그비크가 티제이에게 말했다.

아그비크는 파카 하나를 티제이에게 던져 주고 자기도 입었다.

"방풍도 되고 방수도 되는 옷이야. 까딱하다 물벼락을 맞을 수도 있거든. 지금쯤 시쿠가 돌아오고 있을 거야. 그러길 바래. 매년 이맘때쯤 이리로 오니까."

"그 말은, 형도 그 고래를 보았다는 거야? 형네 조상이 태어나는 걸 보았다는 바로 그 고래?"

티제이가 물었다.

"그래, 바로 그 고래! 시쿠는 엄청나게 큰 고래야. 아마 백 톤은 나갈걸? 시쿠가 물 위로 튀어 올랐다 하면 해수면이 달라져! 너도 오늘 시쿠를 보게 되면 좋겠다."

아그비크가 웃으며 말했다. 둘은 고래를 찾으러 카약을 타고 바다로 나갈 참이었다.

유정탐사선들이 지나간 후, 고래 한 무리가 배로우 곶에서 북동향 해류를 타고 마지막 남은 정착빙에 바짝 붙어서 지나갔다. 고래들은 함대처럼 장엄하게 대오를 갖춰 항해했다. 하지만 가끔씩 호흡을 위해서, 그리고 정착빙을 살피기 위해 수면 위로 올라왔다. ∼∿∿∿∿∿ 의 느낌에, 이날따라 얼음이 유난히 조용했다. 새들도 없고, 짖어 대는 바다표범도 없고, 그저 고요하기만 했다. 그러다 그는 사냥꾼들의 속삭임을 들었다.

" ∿∿∿∿∿∿∿∿∿∿∿∿∿∿∿∿∿∿∿∿∿∿∿∿∿∿∿∿∿∿∿∿∿∿∿∿ ."

시쿠는 다른 고래들에게 접근하지 말라는 경고를 보냈다. 하지만 정작 자신은 고래들처럼 돌아서지 않았다. 뭔가 다른 느낌의 사냥꾼들이었다. 그 느낌이 훌쩍 떠나려던 그를 잡았다.

∼∿∿∿∿∿ 는 물속에서 수면을 살폈다. 하지만 사냥꾼들의 모습은 보이지 않았다. 그는 정착빙 근처로 헤엄쳐 올라갔다. 그러자 소년들의 물그림자가 보였다. 그림자는 자정의 오렌지색 태양이 던지는 빛 속에서 푸른색으로 어른거렸다.

∼∿∿∿∿∿ 는 깊이 잠수했다. 다른 고래들은 시쿠가 경고를

날렸을 때 이미 방향을 틀어 멀어졌다. 그들을 따라가는 대신 그는 해안에서 멀지 않은 커다란 부빙으로 헤엄쳤다. 착한 눈을 가진 에스키모의 후손을 마지막으로 본 지도 꽤 됐다. 소년은 다른 소년과 함께 있었다. 두 소년은 그의 바로 위에 있었다. ～～～～～는 빙붕 아래로 헤엄쳐 들어가 얼음을 밀어 올리고 공기 틈을 만들었다.

그는 숨을 들이마시고 얼음 아래에서 나왔다. 그리고 두 소년에게서 멀지 않은 지점에서 뛰어올랐다. 두 소년은 수면 위로 12미터나 솟구쳐 오르는 그를 보며 숨을 헉 들이마셨다. 춤추는 에스키모 형상이 햇살에 번쩍였다. 그가 다시 물에 떨어지면서 파도가 3미터 높이로 치솟았다가 두 소년의 카약으로 덮칠 듯 밀려왔다.

"시쿠!"

아그비크가 외쳤다.

아그비크의 목소리에 놀란 얼룩큰점박이 바다표범이 부빙 가장자리에서 육중하게 미끄러져 ～～～～～가 만든 물마루 위로 떨어졌다. 바다표범은 ～～～～～가 우레 같은 소리와 해일 같은 파도로 흩어 놓은 북극대구 떼 사이로 스르르 움직였다. 바다표범은 대구를 잡을 생각은 않고 물을 따라 헤엄만 쳤다.

야생 세계의 몸부림은 바다표범에게는 유희의 기회였지만 아그비크에게는 엄청난 도전이었다. 그는 뒤에 티제이를 태운 채 카약을 돌려서 파도를 정면으로 맞았고, 배가 뒤집히는 일 없이 파도를 타넘었다.

“아슬아슬했어.”

티제이가 말했다.

“노를 저어. 시쿠가 왔어.”

아그비크가 소리쳤다.

둘은 왕솜털오리 두 마리처럼 바다 위를 미끄러져서 시쿠의 발자국을 따라 노를 저었다.

두 소년이 있는 곳에서 멀지 않은 곳에, 이제는 몹시 나이든 ⋀⋁⋀⋁⋀ 가 지나가고 있었다. 인공 지진파 후유증이 아직도 그를 괴롭혔다. 그는 무리를 벗어나 소년들 쪽으로 움직였다. 수면에 어른거리는 푸른색 그림자가 그에게 소년들의 위치를 알려 주었다. 그는 소년들 가까이서 물 위로 뛰어올랐다. 백 톤에 달하는 그의 몸이 물속에 곤두박질치며 소년들의 카약 위로 해일 같은 파도를 일으켰다. 거품으로 부글대는 얼음물이 쏟아져 내렸다.

∿∿∿∿∿ 는 자신의 스승이었던 늙은 고래의 분노를 감지했다. 그는 빙붕 아래 공기 틈으로 헤엄쳐 들어가 대기했다.

그런데 ⋀⋁⋀⋁⋀ 가 ∿∿∿∿∿ 를 따라오지 않았다. 요동치는 물결을 타고 해빙이 미친 듯 넘실대며 늙은 고래의 몸을 들이받았고, 늙은 고래의 분노도 커져 갔다. 늙은 고래가 물 위로 솟구쳐 올라 아그비크와 티제이의 카약으로 덤벼들었다. 그는 거칠게 몸부림쳤다. 그는 뱃사람들이 ‘깡패 고래’라고 부르는 성난 짐승으로 변해 있었다.

"왜 저러는 거야? 저 고래가 시쿠야?"

티제이가 물었다.

"아니야. 다른 늙은 수컷 고래야. 시쿠가 아니야."

아그비크가 말했다.

아그비크는 시쿠와 있을 때는 느끼지 못했던 공포를 느꼈다. 아그비크와 티제이는 성난 고래로부터 벗어나려고 죽어라 노를 저었다. /\/\ /\/\ 가 몸을 비틀어 방향을 바꾸더니, 소년들에게 덤벼들었다.

"티제이, 숨 참아."

아그비크가 외쳤다.

티제이는 숨을 한껏 들이마셨다. 카약이 거꾸로 뒤집혔다. 아그비크가 노를 휘저어서 카약을 바로 세웠다. 둘의 몸이 얼음장 같은 물을 뚫고 올라왔다. 티제이가 캑캑거렸다. 아그비크는 홀딱 젖었지만 침착했다. 몸이 떨떨 떨렸다. 하지만 두꺼운 에스키모 옷 덕분에 참을 만했다.

예상치 못한 상황에 놀란 시쿠가 늙은 고래에게 헤엄쳐 갔다. 시쿠는 살살 다가간 다음, 자신의 몸통으로 /\/\ /\/\ 를 밀어서 그를 소년들이 있는 곳에서 떼어 놓았다. /\/\ /\/\ 는 절망과 분노를 누르지 못하고 꼬리를 있는 대로 퍼덕였다. 그러다 멀리 사라졌다.

시쿠는 수면으로 올라갔다. 그의 눈이 아그비크의 착한 눈과 마주쳤다. 하나의 인연으로 묶여 있는 두 생명이었다.

아그비크와 티제이는 무사히 정착빙으로 올라갔다. 둘은 외투에서 물을 뚝뚝 흘리며 서로를 마주 보았다. 그러다 정신을 차리고 카약을 얼음 위로 끌어올렸다.

"시쿠!"

티제이가 외쳤다. 그리고 방금 물 위로 올라온 고래를 가리켰다.

"나, 봤어! 턱에 춤추는 에스키모 반점이 있었어."

상아갈매기 한 마리가 푸른 하늘 아래로 날아갔다.

"집에 가자."

아그비크는 돌아섰다. 그들 앞에 안개가 밀려들고 있었다. 안개가 순식간에 바다와 하늘의 경계를 지워 버렸다.

"이제 어떻게 해?"

티제이가 안개 속에서 외쳤다.

"가만히 앉아 있어."

아그비크가 대답했다.

안개가 점점 짙어졌다. 바로 옆에 있는 카약도 보이지 않았다. 어디가 아래고 어디가 위인지 분간이 안 됐다. 티제이는 현기증이 났다.

"나, 어지러워."

티제이가 가쁜 소리로 말했다.

"눈 감고 있어. 그럼 지나가."

티제이는 눈을 감았다.

"여기 마타크가 있어. 고래 지방이야. 먹어 봐. 그러면 좀 나아질 거야."

아그비크가 말했다.

티제이는 장님처럼 손을 휘저어서 투자크의 손과 마타크를 찾았다.

"얇게 썬 거야. 그냥 먹으면 돼."

아그비크가 말했다.

티제이는 말랑말랑한 껍질과 지방을 먹었다. 견과 맛이 났다. 괴로움이 좀 줄어들었다. 몸에 새로운 힘이 솟고 따뜻한 기운이 퍼지는 것 같았다. 고래 지방은 먹을수록 맛이 괜찮았고, 맛이 괜찮을수록 안개 걱정도 떠났다. 몇 시간이 흘렀다.

아주 오래된 것 같은 침묵을 깨고 티제이가 입을 열었다.

"추워. 이가 막 딱딱거려."

"두 팔을 휘둘러 봐. 마타크도 더 먹고."

아그비크가 지시했다.

안개가 옅어지기 시작했다. 그들 정면에, 몽롱한 안개 속으로 유령 같은 형체가 보였다.

"저기 누구요?"

하얀 어둠 속에서 남자의 목소리가 물었다.

"아그비크 보이드와 티제이 보이드요."

아그비크가 대답했다.

안개가 옅어지면서 키 큰 남자가 모습을 드러냈다.

"나는 디아즈 박사야. 너희는 어쩌다 여기 있는 거냐?"

남자가 말했다.

"제가 드리고 싶은 질문이에요! 저희는 고래를 보러 나왔어요."

아그비크가 대답했다.

티제이는 몸을 덥히려고 발을 쿵쿵 구르고 두 팔을 퍼덕였다.

"나는 연구소 소속이야. 산도 측정을 위해서 바닷물을 채집 중이었어. 공기 중 이산화탄소의 증가가 해수의 산도 변화에 어떤 영향을 미치는지 조사하는 거야."

디아즈 박사가 설명했다. 안개가 걷히고 흩어지면서 디아즈 박사의 모습이 훨씬 또렷하게 보였다.

우우웅! 근처에서 고래가 분기했다. 아그비크는 바다로 몸을 돌렸다.

"시쿠!"

아그비크가 고래의 턱을 보고 외쳤다.

"아는 고래인 모양이구나."

디아즈 박사가 말했다.

"네, 알아요. 여러 대째 우리 가족과 함께한 고래예요."

아그비크가 대답했다.

"그것 참 귀중한 정보구나. 고래가 지구상에서 가장 오래 사는 포유동물이란 걸 우리가 한창 밝히는 중이거든. 고래 눈알의 화학 조

207

성 검사에 따르면 어떤 고래는 2백년이나 산 걸로 나타나. 하지만 아직 확실한 건 몰라."

"고래 몸에서 옛날에 쓰던 돌 작살촉들이 발견되기도 해요. 사용하지 않은 지 125년도 넘은 작살촉들이요."

아그비크가 말했다.

"정말이야?"

티제이가 물었다.

"응. 그런 종류의 돌 작살을 마지막으로 사용한 게 1800년대래. 그러니까 몸에 그런 작살이 박혀 있던 고래는 그보다 더 오래됐다는 뜻이지. 작살을 맞고도 도망친 걸 보면 맞았을 당시에 벌써 상당히 크고 나이 먹은 고래였을 거야. 시쿠는 7월이 오면 157살이 돼."

아그비크가 말했다.

"그걸 어떻게 알지?"

디아즈 박사가 물었다.

"시쿠가 언제 태어났는지 아니까요."

아그비크가 자랑스럽게 말했다.

"그것 참 별일이구나. 그게 언젠데?"

"1848년이에요. 우리 선조가 고래가 태어나는 걸 목격했어요. 얘기가 길어요. 그 후부터 우리 집안이 대를 이어서 그 고래를 보호했어요. 우리는 그 고래를 시쿠라고 불러요. 시쿠가 우리 엄마 목숨을 구해 준 적도 있어요. 그리고 오늘은 우리 목숨을 구해 준 것 같아요.”

“그것 참 흥미롭구나.”

“우리 집안에 대대로 전해 내려오는 얘기예요. 오늘 시쿠를 보았으니 나이가 딱 나온 거죠.”

아그비크가 말했다.

“흐음, 그런데 같은 고래인지 어떻게 알아보지?”

“시쿠는 턱에 춤추는 에스키모 모양의 반점이 있어요. 팔을 들고, 다리를 벌리고, 무릎을 굽힌 자세의 에스키모 남자요.”

“한눈에 알아볼 수 있는 표시가 있다?”

디아즈 박사가 물었다.

“네, 오늘 우리가 본 고래가 시쿠였어요. 해마다 이맘 때 여기로 와요.”

디아즈 박사가 티제이에게로 눈을 돌렸다. 티제이는 아직도 덜덜 떨고 있었다.

“내 텐트로 가서 몸을 녹이자. 거기 먹을 것도 있어. 네가 가진 정보는 5백만 년 된 조상 인류의 두개골 발굴 못지않아. 대단해!”

박사가 말하며 미소 지었다.

아그비크도 자신의 고래가 얼마나 중요한 존재인지 알고 있었다. 그는 뿌듯했다.

안개가 걷혔고, 디아즈 박사의 텐트가 보였다. 얼마 떨어지지 않은 곳이었다. 세 사람은 콜맨 캠핑 난로가 타고 있는 텐트 안으로 들어갔다. 카약에서 맞은 물벼락에 아직도 몸이 축축한 티제이는 들어서기 무섭게 불에다 두 손과 등짝을 들이댔다. 디아즈 박사가 가장 먼저 한 일은 본부에 무전을 치는 것이었다. 박사는 무전을 받은 관제사에게, 아그비크와 티제이를 무사히 발견해서 데리고 있으니 아그비크의 가족에게 알리라고 전했다. 박사는 그다음에야 커피를 끓이고 땅콩 버터 샌드위치를 만들었다. 박사는 먹을 것을 준비하면서도 시쿠 이야기에 열심이었다.

"몸에 그렇게 독특한 표시가 있고, 또 너희 가족이 고래의 출생일까지 알고 있으니, 고래의 나이는 확실한 셈이구나. 이 정보를 음향 연구실로 보내 보자."

디아즈 박사가 말했다.

"그 고래의 소리를 음향 탐지 센터에 녹음해 놓고, 고래가 매년 귀환할 때마다 채취한 소리를 대조하는 거야. 분명히 해마다 이곳으로 돌아온다고 했지?"

"다시 올 거예요. 시쿠는 언제나 돌아왔어요."

아그비크가 확신에 차서 대답했다.

두 소년은 걸어서 카약으로 돌아갔다.

디아즈 박사는 의자에 기대앉아서 방금 들은 이야기를 곱씹었다.

32

땅 위에서

– 2048년 –

2048년은 양키 포경선이 처음으로 북극해에 진출한 지 2백 년이 되는 해였다. 서부 북극해의 활머리고래 수는 포경에 따른 대량 살육 이전의 개체수를 회복했다. 알래스카 원주민 공동체의 고래와 고래 서식지 보호 노력이 결실을 맺었다. 하절기가 되면 해빙이 저 멀리, 캐나다 북극 지역까지 후퇴했다. 혹등고래, 긴수염고래, 심지어 대왕고래 같은 북극 근역의 고래 종들을 이제는 추크치 해와 보퍼트 해에서 빈번히 볼 수 있게 됐다.

해저 유정 개발의 시대도 저물었다. 북극 주민 공동체의 삶은 아직도 자급자족 생활 방식을 유지하고 있었다. 고래와 카리부와 바다 표범과 어류, 그리고 이들을 사냥할 지식 없이는 마을이 존속할 수 없었다. 이동 수단으로 썰매개가 부활했다. 마을 공동체는 여전히 번성했지만 삶의 속도는 느려졌다. 마을 사람들은 자갈길을 걸어서 친지를 방문하고, 말을 전하고, 음식을 나눴다.

이제 쉰아홉 살이 된 아그비크 보이드는 배로우에서 가장 잘나가는 고래잡이 선장 중 한 명이었다. 그는 가족과 함께 썰매개 스무 마리를 데리고 마을 경계에 살았다. 풍력 발전기가 그의 집에 전력을 공급했다.

"저쪽 썰매에 텐트와 캠핑 장비를 싣고, 다른 썰매에 우미악을 묶어."

아그비크가 사냥 팀에게 부드럽지만 위엄 있는 목소리로 명령을 내렸다.

에밀리는 올해 여든 셋이었고, 아직 정정했다. 아그비크의 고래 사냥 팀이 사냥에 나설 준비를 할 때면 에밀리도 좋아하는 꽃무늬 파카를 입고 마당으로 나왔다. 그녀는 전통 의례에 따라서, 고래 사냥꾼들의 행운과 안전을 빌어 주러 모인 마을 사람들에게 사탕과 과자를 나눠 주었다. 에밀리는 마을 공동체의 존경받는 원로였고, 전통 지식 보존과 전수에 없어서는 안 될 존재였다. 그녀는 땅과 얼음, 날씨와 구전 전통에 해박했고, 우미악에 씌우는 바다표범 가죽을 위한 특수 방수 재봉술 같은 전통 기술의 전수자였다.

"조심하고, 행운을 빈다. 주님이 함께하시기를."

에밀리가 떠나는 고래 사냥 팀에게 말했다.

고래 사냥 팀은 마을을 벗어나 북쪽으로 해안 정착빙 위를 달렸

다. 썰매가 얼음마루들을 넘고 넘었다. 때는 4월 중순이었고, 얼음
은 새하얗고 새파랬다. 산맥처럼 이어진 얼음마루 때문에 좁은 트레
일을 따라 험한 길이 이어졌다. 트레일이 험하긴 해도 경관은 눈부시
게 아름다웠다. 개들은 고래 사냥 팀과 장비를 가득 실은 썰매를 끌
고 울퉁불퉁한 트레일을 쉼 없이 달렸다.

일행은 해빙이 갈라져서 고래 물길을 형성한 곳에 이르렀고, 해빙
가장자리에 캠프를 차렸다. 청년들이 텐트와 바람막이를 세우고, 얼
음을 깎아서 아무악, 즉 가죽배를 올려놓을 경사로를 만들었다. 배
를 해빙 모서리에 걸쳐 두면 지체 없이 물에 띄울 수 있었다. 사냥 팀
은 썰매에서 고래 사냥 도구들을 내려서 우미악 안에 빈틈없이 배치
했다. 그리고 얇은 묘비 모양으로 자른 얼음덩어리들을 해빙 모서리
에 죽 세워서 고래들의 시야에서 우미악과 사냥 캠프를 가렸다. 몇
시간을 힘들여 일한 끝에 모든 준비가 끝났다.

이제는 고래를 기다리는 일만 남았다. 지금의 바다에는 2만 5천
마리가 넘는 활머리고래가 있었다. 하지만 사냥꾼들이 노리는 고래
는 따로 있었다. 사냥꾼들은 육질이 부드럽고, 얼음 위로 인양하기
도, 해체하기도 쉬운 작은 고래들을 노렸다. 마을 공동체 전체가 고
래가 제공하는 먹을거리에 기대고 있었다.

"저기 물길을 봐. 3마일쯤 바깥에."

아그비크가 말했다. 그의 사냥 팀이 일제히 시선을 돌렸다. 고래
분수가 거대하게 치솟았다.

"우와, 엄청나게 큰 고래다. 봐도 안 믿겨."

"잡기엔 너무 커."

아그비크가 말했다.

모두의 시선이 집중된 가운데, 거대한 고래가 해빙 사이로 열린 물길을 따라 캠프로 접근했다. 고래 몸에는 군데군데 흉터가 있었고, 꼬리자루와 꼬리지느러미는 온통 희었다. 엄청난 나이를 말해 주는 것이었다.

아그비크는 못 박힌 듯 바라봤다. 그가 아는 고래였다.

거대한 고래는 계속해서 고래사냥 캠프로 바싹 접근했다. 고래는 엿보기 도약을 하며 머리를 드러냈다. 그 순간, 아그비크는 하얀 춤추는 에스키모 형상을 보았다.

아그비크는 몸이 굳었다. 시쿠였다. 어릴 때 이후로는 한 번도 보지 못했던 시쿠.

"시쿠가 아직까지 살아 있었어."

아그비크가 혼잣말했다.

위대한 고래는 이제 길이가 20미터에 육박했다. 고래는 아그비크 팀의 우미악 바로 앞을 유영했다.

"스스로를 바치려는 거야."

아그비크가 혼잣말했다.

둘의 눈이 만났다. 둘 사이에 깊고 원초적인 인식이 오갔다.

고래가 숨을 뿜었다. 고래의 숨소리는 귀청이 터질 만큼 거대했다.

고래는 위치 이동 없이 제자리에서 천천히 분기했다. 수증기 기둥이 15초 간격으로 일곱 번 솟았다. 아그비크는 가죽배 안으로 몸을 숙여 작살과 총을 꺼냈다.

고래는 잠시 잠수했다가 들어갔던 지점으로 다시 올라왔다. 잠수함이 부상할 때처럼, 고래의 등에서 바다가 양쪽으로 갈라졌다. 고래는 캠프가 있는 해빙에서 불과 3미터 거리에 있었다.

아그비크는 작살을 치켜들었다가 다시 내려놓았다. 그는 늙은 고래에게 고개를 끄덕였다. 시쿠가 한 번 더 숨을 뿜었다.

"어서 가, 시쿠. 우리를, 그리고 고래들을 지켜 줘. 우리는 하나야."

아그비크가 나직이 말했다.

그날 늦게, 아그비크의 고래 사냥 팀이 작고 통통한 고래 한 마리를 잡았다는 낭보가 무전기를 타고 마을에 전해졌다. 에스키모 말로 잉구툭이라고 부르는 작은 활머리고래였는데, 고기가 맛있고 부드러워서 최고의 사냥감으로 통했다. 무전기를 타고 마을 사람들의 환호성과 할렐루야 소리가 터져 나왔다. 날이 풀리면 담요 헹가래가 벌어지고, 고래가 분배되는 봄맞이 고래잡이 축제 날루카탁이 열린다. 고래 고기는 공동체가 나누고 남을 만큼 풍성했다. 일부는 날루카탁 때 나누고, 일부는 추수 감사절과 크리스마스 잔치를 위해 저장될 것이다. 축복받은 북극의 겨울이 가고 있었다.

《전설의 고래 시쿠》는 진 크레이그헤드 조지 여사의 마지막 소설이자 유작이다. 2012년 여사가 세상을 떴을 때, 이 책은 미처 완성되지 못한 상태였다. 하지만 여사의 아들들인 작가 겸 교육자 '트위그 조지'와 활머리 고래 전문가 겸 생물학자 '크레이그 조지'의 도움으로 완성을 볼 수 있었다. 이 소설의 배경 또한 여사의 명작 《줄리와 늑대》와 마찬가지로 북부 알래스카다.

알래스카 배로우에 거주하는 크레이그 조지 박사는 어머니가 고래 이야기를 처음 구상한 시점을 자신이 박사 학위 논문을 마무리할 때쯤으로 생각한다. 조지 박사가 말한다.

"2008년 겨울에 3주간 어머니 집에 머무른 적이 있는데, 그때 어머니가 내 논문 내용에 엄청난 관심을 보이셨죠. 그때 나는 고래의 나이 측정과 2백 살 먹은 활머리고래의 존재 가능성에 대한 부분을 쓰고 있었어요."

이 소설의 주인공은 북극고래 시쿠다. 그리고 소설 속에서 시쿠는 정말로 2백 년 동안 산다. 사람의 삶을 몇 대 합친 세월이다. 그 세월 동안 어떤 이들은 대를 이어 그를 죽이려고 하고, 어떤 이들은 대를 이어 그를 살리려고 한다. 시쿠는 소설 속 인간들보다 오래 살았을 뿐 아니라 자신을 소설 주인공으로 창조한 작가보다도 오래 살았다. 조지 여사의 작고 시점에 이 책은 상당히 완성에 근접해 있었다. 이미 여러 차례 검토와 수정을 거친 뒤였다. 책을 마무리 지어야 한다는 데에는 나를 비롯한 관계자 모두의 마음에 한 치의 이견이 없었다. 크레이그 조지 박사는 여사가 세상을 뜨기 전부터 이 프로젝트에 깊이 참여하고 있었다. 그는 초안 단계에서 원고를 읽고 평하는 역할을 담당했다. 조지 여사도 살아 있었다면 아드님의 지대한 공헌에 아낌없는 박수를 보냈으리라 생각한다. 나 또한 깊이 감사드린다.

우리는 플롯의 이음매를 다듬고, 타임 라인을 매만지고, 지형지물과 과학적 사실과 관련한 오류를 수정했다. 하지만 대자연을 감동적으로 서사하는 조지 여사 특유의 서정적이고 아름다운 문체는 그대로 남았다. 진 크레이그헤드 조지 여사는 그야말로 대체 불가의 작가다.

2013년 11월
루시아 몽프리드

　　매년 봄이 오면 16,000마리가 넘는 활머리고래(이누피아트 에스키모는
활머리고래를 아그비크라고 부른다)가 캐나다 북극해를 향한 대이동에
나선다. 활머리고래는 바다를 뒤덮은 해빙 틈으로 가늘게 갈라진 물길을
따라 여행하는데, 이 물길을 '리드'라고 부른다. 캐나다 북극해에 도착한
고래들은 그곳에서 북극의 짧은 여름 동안 맘껏 영양을 보충한다. 햇빛과
영양 성분의 조합으로 바다에는 활머리고래의 먹이인 동물성 플랑크톤이
풍성해진다. 가을이 오면 고래 무리는 다시 베링 해로 남하해서 겨울을
난다. 북극해는 여름이 지나면 얼기 시작해서 완전히 얼음으로 덮이기 때
문이다. 활머리고래는 양식을 찾아서, 그리고 포식자들을 피해 번식할 곳
을 찾아서, 해마다 대이동을 반복한다. 이 왕복 여행은 장엄하면서도 신
중하고 조용하기 짝이 없다.

　　활머리고래는 참고래 과에 속하는 대형 고래로, 북극해와 아(亞)북극해
의 얼음 바다에 서식한다. 몸길이는 개체에 따라 19미터가 넘고, 몸무게
는 80톤이 넘는다. 하지만 1800년대 양키 포경 선원들의 전언에 따르면,
이보다 훨씬 크고 훨씬 무거운 고래들도 없지 않다.

　　활머리고래의 놀라운 점은 이들이 알래스카 북서 해안을 따라 형성된
얼음 리드에서 삶을 시작한다는 것이다. 영하의 북극 바다에서 새끼를 낳

는 수염고래로는 활머리고래가 유일하고, 북부 베링 해의 어둠과 상상도 할 수 없는 추위 속에 겨울을 나면서 평생 북극의 바다를 떠나지 않는 고래도 활머리고래뿐이다. 그러다 보니 활머리고래는 여러 괄목할 환경 적응력을 보여 준다. 고래 중에 가장 두꺼운 지방층, 가장 긴 수명, 가장 긴 수염, 낮은 심부 체온, 머리가 많은 부분을 차지하는 신체 비율. 이 모든 것이 척박하기 짝이 없는 환경에서 살아남기 위한 고도의 생물학적 장치들이다. 북극 생물학자 존 번스의 말을 빌리면, "인간에게는 가혹해 보이지만, 이곳 환경에 적응한 북극 생물들에게는 가혹하지 않다."

활머리고래의 여러 특출하고 중요한 특징 중에서도 가장 눈에 띄는 특징이 바로 수염이다. 고래수염은 고래의 위턱에서 입안으로 내리 자란 빗 모양의 각질판과 그 판에 붙은 털을 칭하는데, 바닷물과 함께 삼킨 먹이를 여과하는 데 쓰인다. 활머리고래의 거대한 수염 시렁이야말로, 활머리고래가 먹이를 찾기 어려운 북극의 바다에서 살아가는 비결이다. 활머리고래는 동일 크기의 수염 시렁 2개에 나뉘어 자란 약 640개의 수염 판을 가지고 있다. 양키 고래잡이들의 보고에 의하면 수염 길이는 4.5미터까지 이른다. 또한, 다른 어떤 고래의 지방층보다 두꺼운 활머리고래의 지방층은 개체에 따라 30센티미터를 크게 웃돌고, 전체 몸무게의 50퍼센트까지 차지한다.

활머리고래와 다른 고래들을 갈라놓는 또 다른 특이점은, 활머리고래는 알래스카, 러시아, 캐나다 해안 지방에 분포한 원주민 공동체들이 식량을 위해서 사냥하는 고래라는 점이다. 원주민 사회는 처음부터 활머리고래를 사냥해서, 거기서 얻어지는 식량과 연료와 건축 자재를 생존 기반으로 삼아 진화해 온 사회로 알려져 있다. 활머리고래처럼 거대한 동물을 사냥하기 위해서는 사회적 협력 체제와 정교한 장비와 복합적인 사냥 전략이 필요하다. 북미와 동아시아에 사는 아누피아트 에스키모와 유피크 에스키모의 활머리고래 사냥 역사는 현재까지 2천 년 넘게 이어져 왔다. 현재는 배로우를 중심으로 한 알래스카의 11개 에스키모 마을에서 연간 약 40마리의 고래가 포획된다.

이 책의 주요 소재이기도 한 활머리고래의 또 한 가지 특별함은 바로 수명이다. 이누피아트 족이 말하기를, 활머리고래는 '인간 수명의 두 배를 산다.' 고래 사냥꾼들이 참여한 과학 연구에 따르면 활머리고래는 놀랍게도 2백 년까지 존속할 수 있는 것으로 알려졌다.

활머리고래가 2세기를 살면서 축적하는 정보와 지식의 양은 어마어마하다. 고래가 무슨 생각을 어떻게 하는지 정확히 알기란 불가능하다. 다만, 이누피아트 족은 활머리고래와 강한 정신적 유대감을 형성하고 있다. 그것은 상호 간의 교감이다. 이누피아트 족은 활머리고래는 때가 오면 자격 있는 사냥꾼에게만 스스로를 바친다고 믿는다. 그 대가로 고래는 존경과 보호를 얻고, 나중에는 신선하고 깨끗한 눈이 깔린 냉동 저장실이라는 최후의 안식처를 얻는다. 한편 서구 과학계는 활머리고래가 축적하는 얼음 바다를 항해하는 기술, 먹이를 성공적으로 찾았던 수많은 장소들에 대한 집단 기억, 포식자 회피 전략 등의 정보에 주목한다. 이것들은 짧은 수명으로는 축적하기 힘들다. 또한 생리학자들은 활머리고래의 커다란 뇌가 복잡한 자연의 소리를 해석하고 다른 고래들과 소통하는 데 기여한다고 말한다. 활머리고래의 뇌 크기는 인간 뇌의 약 두 배다. 엄청난 몸 크기에 비하면 작은 편이지만, 생존에 필요한 경험과 정보를 오랜 세월에 걸쳐 수집하고 보유한다.

활머리고래는 150살까지 번식이 가능하다. 암컷 한 마리가 평생 40마리가 넘는 새끼를 낳을 수 있다. 다만 어릴 때 죽는 경우가 많은 편이다.

어머니의 유작 《전설의 고래 시쿠》는 지구에서 가장 거대한 생명체 중 하나인 활머리고래의 바다 여행을 따라 북극의 가혹한 아름다움을 담았고, 그 땅에 더불어 살면서 고래를 거두는 용감한 사람들의 삶을 생생하게 그렸다. 어머니는 진정으로 배로우와 배로우 사람들을 사랑했다. 생전에 마을에 자주 방문해서 학교에서 강연회도 갖고 젊은 작가들을 격려하곤 하셨다. 이 이야기는 실제 사건을 다룬 것은 아니지만, 실제로 있는 곳을 배경으로 그곳 토착민의 관습을 충실히 묘사했다. 그리고 그 핵심에는 에스키모와 활머리고래 사이에 수천 년간 이어 온 세상에 다시없이 특별한 유대가 있다. 이 책은 그 유대감에 관한 이야기다. 그리고 북극의 불확실한 미래에 관한 이야기이기도 하다.

역설적으로 들릴 수도 있지만, 활머리고래와 활머리고래 서식지 보호를 위해 전 세계 누구보다 열심히 싸워 온 사람들이 바로 에스키모 고래 사냥 공동체다. 사실 놀랄 일도 아니다. 우리 모두 그들의 헌신에 박수를 보내며, 그들과 활머리고래의 인연이 앞으로도 몇천 년이고 더 이어지기를 희망한다. 에스키모가 고래 사냥에 의지하는 생존 방식과 전통을 이어 오는 동안에도, 활머리고래는 예전의 개체군 크기를 거의 회복해서, 현재 서부 북극해에서만 1만 7천 마리를 거뜬히 헤아린다. 과학계에 따르면 고래의 생존에 주된 위협이 되는 것은 더 이상 포경 산업이 아니다. 오늘날은 해상 운송, 해양 오염, 기후 변화, 상업 어업, 해양 석유 개발 등등 고래의 생태에 교란을 일으키는 여러 인간 활동이 복합적이고 점증적인 위협을 형성한다. 작게는 관광객의 고래 구경도 고래를 괴롭힌다. 이누피아트 족의 말대로, '고래는 이어져야 한다.'

2013년 알래스카 배로우에서

존 크레이그헤드 '크레이그' 조지 박사

2007년, 알래스카 근해에서 잡힌 북극고래의 몸에서 19세기 미국 포경선이 쓰던 포탄 작살의 파편이 발견됐다. 이 작살의 제작 연도와 고래의 체내 성분을 조사한 결과, 이 고래의 나이가 130살에 이르는 것으로 나타났다. 북극고래의 수명이 종전에 알려졌던 것보다 훨씬 길다는 것이 입증된 사건이었다.

우리말로는 흔히 북극고래라고 불리는 활머리고래는 다른 고래와 달리 여러 대양을 돌아다니지 않고, 평생을 차가운 북극해에서 보낸다. 북극고래는 남극해의 대왕고래 다음가는 거대한 몸과 고래 중 가장 많은 지방층을 가졌다. 얼음 바다에서 체온을 유지하기 위한 적응의 결과다. 해수 속 플랑크톤을 걸러 먹는 데 쓰는 수염도 수염고래들 중 가장 길다. 이 점 때문에 일찍부터 미국 등 포경국의 주요 사냥 대상이 되어 멸종 위기까지 이르렀다가, 1986년 IWC(국제 포경 위원회)의 상업 포경 금지 조치로 어느 정도 개체수를 회복했다. 하지만 포경 전에 비하면 턱없이 적은 수다.

한때는 5만 마리에 달하는 북극고래가 북극의 바다를 누볐다. 지구에서 가장 큰 동물 중 하나인 북극고래는 역설적이게도 가장 작은 동물인 플랑크톤을 먹고 산다. 북극고래를 사냥하는 존재는 예로부터 범고래와 인간뿐이었다. 이때의 인간은 알래스카 원주민, 즉 이누이트 족을 말한다. 에스키모는 '날고기를 먹는 사람들'이라는 뜻이고, 정작 원주민이 스스로를 부르는 말은 그들 언어로 '사람들'이라는 뜻의 이누이트다. 이누이트 족은 오랜 옛날부터 고래 고기를 먹고 살았다. 이들은 카약에 가죽을 입힌 전통 고래잡이배 '우미악'을 타고 고래를 사냥했다. 고래는 이들에게 주식과 집과 생활필수품을 제공했다. 고래 사냥은 이누이트 족이 얼음으로 뒤덮인 환경에서 살아남는 생존 방식이었다. 고래 사냥은 고래들이 해빙이 갈라져 생긴 '물길'로 북상하는 봄에 이루어졌다. 이누이트 마을 여인들은 봄을 기다리며 우미악을 손봤고, 고래잡이 철이 오면 사냥꾼들뿐 아니라 마을 전체가 들썩였다. 이누이트 사냥꾼들은 잡은 고래를 마을 전체와 나눴고, 반드시 생존에 필요한 만큼만 사냥했다. 무엇보다 이들은 자신들이 고래를 잡는다기보다 '고래가 잡혀 준다고 믿었고,' 자신들과 고래는 운명 공동체라는 의식을 기반으로 고래의 정령을 받들었다. 그리고 훗날 서구의 마구잡이 포경에 맞서, 그 누구보다 고래와 북극 바다를 지키려 노력했다. 국제 협약으로 상업 포경이 금지된 오늘날도, 북극 지방 원주민 공동체의 생존 포경은 '할당제'로 허용된다. 이 소설의 주요 배경인 세인트로렌스 섬, 포인트 호프, 배로우 등이 바로 대표적인 원주민 고래잡이 중심지다.

18세기부터 서양 포경선들이 북극해로 몰려들기 시작했다. 이누이트의 수천 년에 걸친 '지속적 어업'과 북극의 생태계는 재앙을 맞았다. 석유 발굴에 따라 고래기름의 수요가 줄었지만, 대규모 상업 포경은 계속됐다. 20세기에는 고래 해체 및 처리 시설과 고속정을 갖춘 포경선이 등장해서 매년 수만 마리의 고래를 잡았다. 필요한 부분만 걷어내고 고래 사체를 바다에 버리고 가는 파렴치한 경우도 많았다. 그러다 1980년대에 이르러 고래가 지능이 높은 포유동물이라는 인식과 포경의 잔인성에 대한 경각심이 퍼지고, 실제로 고래 여러 종이 멸종 위기에 몰리면서, 전 세계적으로 고래 보호 운동이 일었다. 그리고 이런 분위기는 1986년 IWC의 상업 포경 전면 금지 결정으로 이어졌다. 하지만 IWC 국제 협약은 강제 수단이 없고, 실제로 몇몇 포경국은 고래잡이를 계속하고 있다. 특히 일본은 과학 연구용이라는 구실로 고래를 대량으로 죽이고 있다. 안타까운 것은, 원칙적으로 포경 반대 입장에 있는 우리나라에서도, 최근 연구용 포경의 합법화 논쟁이 대두하고, 고래 불법 포획도 꾸준히 발생하고 있다는 점이다.

현재 고래를 위협하는 것이 단지 포경만은 아니다. 인간이 바다에 쏟아내는 유해 물질에 죽고 바다에 쳐 놓은 그물에 걸려 익사하는 고래가 부지기수다. 고래는 바닷속 음파를 탐지해 이동 경로와 먹이를 찾고, 새끼를 돌보고 동료를 발견한다. 고래의 음파 탐지 능력은 고래의 생존과 직결된다. 그런데 군함들이 쏘아 대는 강력 초음파가 고래의 음파 탐지 능력을 파괴하고, 그 결과 방향을 잃고 좌초한 고래들이 떼죽음하는 사태가 벌어진다. 지구 온난화도 고래와 이누이트의 삶을 위협한다. 고래는 해빙이 갈라져 생긴 물길로 이동하고 숨을 쉰다. 그런데 온난화로 북극에 해빙 자체가 급속히 줄어들면서, 고래에게 익숙했던 환경이 뒤죽박죽되고, 해빙 주기와 연동했던 이누이트의 삶 역시 크게 흔들렸다. 유빙을 타고 다니는 바다표범도 쉴 곳을 잃고 생존 위기에 처했다. 고래와 바다표범이 떠난 바다에서 이누이트 족은 북극의 사냥꾼이라는 위상을 잃고 북극의 어부가 되었다. 북극의 해빙과 빙하는 지금 이 순간도 빠른 속도로 유실되고 있다. 2040년이면 얼음 없는 북극이 될 거라는 예상도 나왔다.

　지구 환경 오염으로 고래 생태계가 계속 망가지고 포경이 지속되면, 지구의 바다를 누비던 거대하고 아름답고 영민한 생명체들은 이대로 영영 사라져 버릴지도 모른다. 1977년 발사된 후 태양계 밖을 떠돌고 있는 우주 탐사선 보이저 호에는, 인간의 언어들과 지구의 소리들을 담은 동판 레코드가 실려 있다. 거기 실린 지구의 소리 중에는 고래 소리도 있다. 그 소리가 막상 지구에서는 들을 수 없는 소리가 되는 날이 오지 않을까? 고래가 사라지고 피폐해진 지구에 인간이 설 곳인들 넓어질까? 고래 수가 감소하면서 고래가 몰고 다니는 어류 자원이 함께 감소해 어업에도 피해가 크다는 주장도 있다.

2012년에 작고한 진 크레이그헤드 조지 여사의 유작 《전설의 고래 시쿠》는 북극고래와 이누이트의 삶을 북극의 장엄한 자연과 함께 서정적이고 감동적으로 그린 작품이다. 여사는 이 이야기 속에 북극고래와 이누이트 족의 아름답고도 슬픈 역사를 오롯이 담았다. 19세기부터 2백 년 동안 이어지는 이누이트 소년 투자크와 북극고래 시쿠의 감동적인 인연이 우리의 가슴에 깊은 울림을 남긴다. 자연과 동물을 소재로 주옥같은 아동 청소년 문학 집필에 평생을 바친 여사의 마지막 작품을 우리나라 독자들에게 소개할 수 있어서 기쁘게 생각한다.

2015년 8월

이재경